猿田照彦の次《じ》元《げん》文《もん》書《じょ》

水岐神人
MIZUKI Shinto

文芸社

はじめに

本書は、とかく難解と思われがちな「日本神話」を皆様により親しく知っていただくために、筆者が工夫を凝らし、アニメや楽曲をふんだんに取り入れた「ミュージカル映画」風妄想小説です。
古事記や日本書紀のベースは崩さず、しかもいくつかの古史古伝も取り込んだ内容となっています。

水岐神人

目次

猿田照彦の次元文書《じげんもんじょ》

第一章　スサノヲ編　―八岐大蛇《やまたのおろち》神話―

神話の星たち

星が近い。

晩秋の夜は冷え込みが激しいせいか、空気が澄んで、普段よりいっそう星々の輪郭がくっきりと引き立って見える。それにしてもこの「近さ」は都会では到底見ることのできない距離感だと照彦は思った。

北の空を眺めると、「W」の形で有名な「カシオペア座」が真っ先に目に飛び込んでくる。

照彦は子供の頃、近くのプラネタリウムの大きな丸いドーム内一面に散りばめられた星々の中から、この「W」の文字と、柄杓の形に並ぶ星（北斗七星）を真っ先に見つけ出し、緑色に光るレーザーポインターでそれらの星を繋げて北極星を見つけ出す方法を説明する解説員の話に、うんうんと大きく頷きながら聞いたものだった。

北極星は天空の中心にある。中心というのは、北極星はちょうど地軸のほぼ延長線上にあるため、他の星が地球の自転に伴って回転移動しても、北極星だけは常に動くことなく定位置にあるからだ。したがって北極星は、太古の昔から夜の航行時の方位測定にはかかせない星であった。

「夜走《ゆるは》らす船《ふに》や子《に》ぬ方星目当《ふぁぶしみあ》てぃ」

沖縄民謡『てぃんさぐぬ花』にもあるように、古代の海人族も、ルフィ海賊団のナミも大いに頼りにした星であった。

しかしながら北極星は二等星で、それほど目立たない。そんな時、見つける手段として、柄杓型の北斗七星や、W型のカシオペア座が利用されたようだ。

ギリシャ神話では古代エチオピアの女王「カシオペア」は、ある時海神の前で我が娘「アンドロメダ姫」の美貌を自慢したところ、海神は怒って姫を岩礁にしばりつけて、海獣への生贄にしようとした。そこへ通りかかったのが英雄ペルセウスだ。

彼は、髪の毛の一本一本が蛇で、直接目を見ると石にされてしまうという魔女「メデューサ」を退治した帰路であった。そこですかさず彼は海獣に魔女の首を見せて石化させ、見事アンドロメダ姫を救出したというエピソードは有名である。

散りばめられた宝石のような星々を眺めながら、照彦はペルセウスに、かつて「ヤマタノオロチ」を撃退して「櫛稲田姫《くしいなだひめ》」を救出し、結ばれて出雲の王となった「スサ《すさ》ノ《の》ヲ《を》命《のみこと》」を重ね合わせた。

「その後スサノヲはどうなったのだろう……?」

「その後」とは高天原での乱闘事件(誓約・岩戸隠れ)において瀬織津姫《せおりつひめ》の投じた網に捉えられたスサノヲの行く末のことである(『猿田照彦の次元事紀』瀬織津姫編参照)。

皆神山《みなかみやま》はバットマンの秘密基地？

皆神山《みなかみやま》は長野市の南南東約十キロ、松代地区にある標高六百五十九メートルの小高い山だ。

百五十メートルもの厚さのある安山岩質の溶岩でできているこの山は、太平洋戦争末期、戦況が悪くなった折に、皇室及び大本営の避難地として地下壕が掘られたこともあるらしい。

また、皆神山は世界最古のピラミッドだともいわれ、かの出口王仁三郎《でぐちおにさぶろう》（①）もここで言霊を奏上したという、スピリチュアル界隈でもかなり有名なパワースポットでもあるようだ。猿田照彦はその溶岩ドームをくりぬいた地下壕の前で立ち止まった。

地下壕の入り口から続く通路は緩やかな下り坂で、あたりはひんやりと薄暗く、感応式のＬＥＤ誘導灯はまるで照彦を、とある秘密基地へと導いているかのようだった。

「この先はひょっとしてバットマンの秘密基地？」

そんなイメージを思い浮かべながらそのまましばらく進むと、ツヤのない厚い鉄の扉が照彦の行く手を遮った。周囲を見回しても窓らしきものはなく、ちょうど目の高さに小さなレンズとスピーカー、天井には電伝虫（②）のような監視カメラが、「ちゃんと見てるぞ、聞いてるぞ！」と言わんばかりに設置されていた。

「モウマクとシモンのニンショウをオコナッテクダサイ」

突然しんとした空間にＡＩらしき無機質な音声がこだました。

照彦が先ほどのレンズを覗き込み、手のひらをかざすと、

「サルタテルヒコサンデスネ、ドウゾオハイリクダサイ」

というアナウンスとほぼ同時に、ギギギと軋むような音を響かせてドアが開いた。

照彦が恐る恐るドアの向こう側を覗き込んで、一歩踏み込もうかどうか躊躇していると、目の前に一人の大柄なモンゴル人風の男が現れた。ニッと笑いながら、こちらへどうぞと手招きしたその男は、警備員とボディーガードを兼務しているのだろうか、黒ずくめのスーツに丸いシルクハットを被り、チョビ髭を生やしたその風貌は、笑み

を見せてはいるものの、とてもおもてなしの顔とはいえない。それどころか、ひょっとしたらそのシルクハットの縁には、薄くて鋭利な刃物が埋め込まれていて、ヘタをすると投げつけられて、首をチョン切られるのではないかと恐怖をおぼえた照彦だった。

そんなスパイ映画『007』に登場しそうな典型的な悪役そうろうの黒服の男に導かれて向かった先は、周囲の岩肌を削って作られた、まさに秘密基地そのものの洞窟だった。

目を凝らして見ると、そこは洞窟の中の割には広々としたスペースで、数人の研究員らしき人たちがそれぞれのペースで動き回っている。しかし誰一人として照彦に気づく様子もない。各人が自分の仕事に没頭しているようだった。

必要以上に他人に介入しないという「今風の若者の傾向」と言えばそれまでだが、それにしてもここの人たちは、見知らぬ侵入者に対する警戒心というものがないのだろうか？

いや、それほど黒服ボディーガードへの信頼が厚いということなのだろう。照彦は改めて無口な黒服モンゴル男の顔を覗き込んだ。男は再びニッと笑った……。やっぱり怖い。

「それにしてもボクはどうすれば……」

照彦は呆然と立ち尽くすよりなかった。

Q

「猿田サン！」

突然背後から声をかける者がいた。驚いて振り返ると、そこには白いドクターコートを着込んではいるものの、なぜか黒マスクをした小柄な女性が立っていた。

「うーむ、やっぱりここはバットマンの秘密基地か!?」（そして彼女は女性だけど相棒のロビン？）

「お待ちしておりましタ。アナタのことは概ね潮水《しおみず》博士からお聞きしてオリマス。どうぞこちらへ」

潮水博士とは以前照彦が次元旅行をした時にお世話になった方である。（『猿田照彦の次元事紀』参照）照彦はかつて彼の発明した「シリウス号」に乗って次元旅行をした経緯があり、実は今回も別の次元旅行に行きたいとの願望に駆られて博士を訪ねたところ、この秘密基地を紹介されたのだった。

彼女に導かれた先は洞窟の片隅にある小部屋だった。ＰＣ他、数台の計器類が置かれていたが、特に目を引いたのが、なぜコレがここに？　と思えるほど場違いなリクライニングチェアだった。

照彦はそのリクライニングチェアに座らされた。

「初めマシテ、ワタシのここでのコードネームは【Ｑ】。通称『澪《みお》』と言いマス。趣味は長距離マラソンと料理。この施設ではワケあって基本、本名は名乗らないことになってイマス。ちなみに潮水博士のコードネームは【S】デシタ」

「でした？　では潮水博士もここで働いておられたことがあるのですか？」

「ご存じなかったデスカ？　マァこの組織と勤務している研究員のことは一応極秘扱いになっていますノデ、当然といえば当然。必要以上に詳細を明かすことは許されていないのデス。ダカラここでは本名を明かすこともダメ。そのかわり通称やコードネームを使用してイマス」

「なんだか『千と千尋の神隠し』に出てくる湯婆婆《ゆばあば》の館みたいだな……」

キョロキョロとあたりを見回す照彦に、冷ややかな笑みを浮かべながら彼女は続けた。

「ここは、本当はアナタのような部外者が来られるところではないのデスガ、今回は研究主任だった博士の特別の計らいで『研修見習い』ということで入室を許可されたのデス」

「へぇー、そうだったんだ！」目を点にして答える照彦だった。

「ですから、アナタもここでは『通称』と『コードネーム』を登録してもらいマス」

そう言いながら、Qはおもむろに照彦の左手の人差し指をつまむと、その先端を小さな針で刺した。

「いつっ！」

照彦の指先にチクリとした痛みが走った。

「少し待っていてくださいネ、アナタのＤＮＡを測定してきますカラ」

Qは照彦の血液サンプルを別のセクションに回し、

「よろしければ測定結果が出るまでしばらく雑談でもしましょうカ？」と言った。

「ではお尋ねします。潮水博士はその後どうなさっておられるのですか？」

照彦は今回も博士のアジトを訪ねるつもりで準備をしていた。そんな時、突然この施設に行けとの連絡があったのだ。確かに博士からの連絡だったものの、訝《いぶか》しさはぬぐい切れずにいたところだった。

「博士は三年ほど前、還暦（六十歳）を節目に退任されましタ。ワタシはまだまだ充分やれると思いましたガ、博士は、オマエたち若手も育ってきたことだし、老害になる前に辞めたいとおっしゃって、退職金代わりにここで開発された『シリウス号』をもらい受けてサッサと去っていかれましタ。どうやら彼はユーチューブで成田君やひろゆき君③の動画を見て悟ったみたいデス。これからは好きなピアノを弾いて、のんびり余生を過ごすそうデスョ」

「へぇー、そうだったんだ。博士にもお会いしたかったのに……」

照彦にしてみれば、せっかく富山（潮水博士のアジト）まで行くのだから、ついでにノドグロや寒ブリの刺身でも堪能しようと半ば楽しみにしていたのに……と落胆の表情を隠せなかった。

「ダイジョウブデス、その代わりワタシが信州の美味しい新蕎麦を食べさせてさしあげますカラ」

と、Qは照彦の心中を見透かしたように言った。

まもなく照彦の血液サンプルの測定結果が上がってきた。Qはそのデータを見ながら、

「アナタは珍しいDNAの持ち主ですネ！　測定結果によれば、アナタはネアンデルタール系ハプログループDのYAP遺伝子を持つ縄文人（④）のDNAを持ってイマス。ではアナタのここでのコードネームは【D】。登録名は『モンキー（猿田）・D・テルフィ（照彦）』でいかがですカ？」

「ハぁ〜そうですか、べつに海賊王になりたいワケじゃないんだけど……」

なんだかアニメチックな登録だったが、規則ならば仕方がない。

「それよりボクは今回スサノヲ神（⑤）のところへ行きたいのですが、連れてっていただけるのでしょうか？」

待ちきれない気持ちを抑えきれずに尋ねる照彦に、

「アワテナイ、アワテナイ、これで準備は整いましたノデ、さっそく始めマショウ」

と、Qは逸《はや》る照彦を制して言った。

「まずそこのVRゴーグル（⑥）をつけてクダサイ」

Qはチェア横のサイドテーブルに無造作に転がっているゴーグルのようなものを指さして、

「これがアナタを神々の世界へ誘《いざな》ってくれる器械デス。これまではシリウス号のような『次元移動マシン』を利用していましたが、そんなモノはもう時代遅れ。これからはこの器機を使って現在・過去・未来はモチロン、異次元の世界を旅することが可能にナリマシタ。原理は量子科学。現世が神界の『写し世』であり、神々が造りたもうたゲームの世界であることを逆手にとって、ワタシたちもゲーム感覚で自由に神界の目指す場所へ行けるのではないかというコンセプトで研究開発されたメカデス」

「ふ〜ん、なるほどね。確かに今はデロリアン号⑦やシリウス号のようなマシンに乗って旅する時代ではないかも……」

過去を彩ったカーチェイス時代の終焉を感じずにはいられない照彦だった。

メタバース・ゼロポイントフィールド

「それでは使い方を説明シマス。まずこのメカは基本的に最近流行のメタバースと呼ばれるバーチャルな世界を見られる構造になっていマス。でもそこはけっして仮想空間などではなく、現実空間であるコト。そしてこれは量子の揺らぎを利用してアナタを『ゼロポイントフィールド』⑧へ誘い、アカシックレコード⑨を見せてくれる装置なのデス」

「ちょっと何言ってるのか、さっぱり分かりません」

「デショウネ……。ただ最低でも知っておいていただきたいことは、この中では『時空の概念』がないのデス。そもそも時間（時の間）などというものハ、四次元空間で生きる我々が便宜上作り出したものデ、実際には存在しないし、次元が変われば、その進み方も広がり（空間）も変わってきます。分かりやすい例を挙げれば、昔々四次元世界で暮らしていた浦島太郎ハ、ある時助けた亀に連れられテ竜宮城という五次元の世界へ行って約一年過ごしたガ、元の四次元の世界へ戻ってみると三百年が経過していたという話、聞いたことありますカ？　あんな感じデス」

「ふ～ん、つまりは『月日の経つのは夢（＝幻想）のうち～♪』て感じなんですね？」

オチャラケて歌う照彦に対し、Qはにこりともせず話を続けた。

「ト、トニカク次元によって時の進むスピードも空間の広がりも違いマス。だから神々の年齢を現世に当てはめると、やたらと長生きだったり、あっという間にテレポーテーションできたりするノデス。ここを押さえておかないト、時代錯誤に陥ったりして混乱するから気をつけてくださいネ。要は、高次を行き来する時は時間や空間は無視するコト！」

「はぁ〜い♡」と軽〜く答える照彦。

「……全然聞いてないデスネ（汗）」

内心半ば呆れつつも、無表情を崩さず次の具体的な使用法に進むQだった。

「エー、先ほども申シマシタようニ、このVRゴーグルの使い方はバーチャルゲームとほぼ同じデスカラ、試しに一度やってみてクダサイ。ただし少しだけ違うのは、手元にあるコントローラーにある⇔ボタンは行きたい次元設定をする時に使いマス。手動で一〜十次元まで移動可能デスガ、それぞれの次元は連続していて、別に境目があるわけではないので、微調整の時にのみ使ってクダサイ。デモ一応アナタの想念に合わせて自動設定されるノデご安心クダサイ。この原理はシリウス号と同じデス。それから上向きの矢印はボリュームです。私たちのいる四次元空間での情報伝達方法は音と光ですガ、高次になればなるほど高周波になって、音のない光だけの世界なってしまうノデ、これを使って光を音に変換することができマス」

「へぇ～そいつはスゴイ！　では今回はシリウス号に乗ることはできないのですね？　せっかくジョン・レノンの『イマジン』練習してきたのに……」

てっきり今回もシリウス号内でピアノの鍵盤を弾く（『猿田照彦の次元事紀』参照）ことになるだろうと準備してきた照彦はつまらなそうに呟いた。

「ダイジョウブデスョ、ご希望とあればアバターとして組み込んでおきマス。もし他にもあればアバターやホログラムで取り込んでおきますので遠慮なく言ってクダサイ」

「え？　ホントですか？　でしたらこれから起こりうる展開を予想して……万一巨大な八岐のオロチと戦うことになるかもしれないので、巨大ロボ……たとえば『鉄人28号』や『ビッグX』、『マジンガーZ』あるいは『ガンダム』のようなアバターをお願いします。それと、これは前回の次元旅行で経験したことですが、どうやら神界は高所にあるせいか空気が薄く、少し息苦しかったので、何か人工呼吸器のようなものをご用意ください。あと、もしよろしければ、ポップコーンとコーラ、唐揚げ弁当なんかがあったら嬉しいな」

ちょっと恥ずかしそうに言う照彦だった。

「……どうやらアナタはゲームや映画鑑賞、または遠足に行くつもりデスネ。分かりました、食べ物はホログラムで用意シマス。そして巨大ロボはアナタの魂と直結して動く『エヴァ初号機』⑩がよいでしょう。あとは呼吸器デスネ?」

Qはしばらく考えて、

「デハこれにシマショウ。少し重いかもしれませんガ、エアボンベを背負うよりマシでしょう」

PCで見せられた画像は黒いヘルメット状の鉄兜だった。

はて、コレどこかで見たような? と照彦が思っていると、

「これだけでは頭でっかちでカッコ悪いノデ、黒いマントもつけておきマス」

「あ、それって『ダース・ベイダー』⑪じゃないスか!!」

「ツイデに『ライトセーバー』もセットしてオキマシタ。それにしてもアナタは面白いお方ダ。でも旅の目的が神々の生きざまを目の当たりにしたいというマインドは気に入りましタ。同じ古代史好きといっても趣味の違いはそれぞれデスネ。潮水博士は瀬織津姫を追い続けた結果、とうとう『姫は宇宙の根源神だ！』という結論に到達されたみたいデスし、ワタシは古代遺跡に興味があったノデ、各地を渡り歩キ、先日『ペトログリフ』⑫を解読することに成功しマシタ。ただその時、洞窟内は寒かったノデ、皆神山の山頂で日向ぼっこをしながらVRヘッドマスクを使用していたら、思いっきり日焼けシテ……。マスクを外したら逆パンダみたいになってしまいマシタ。あんまりカッコ悪いノデ、しばらくはこうして黒マスクをしてイマス」

そう言いながら両腕を胸の前で交差させ、手のひらを内側に広げて口元だけで笑うQの独特の仕草は、魅力的でもあるがどこか冷めた感じがした。

（ペトログリフに興味があるバットマンの相棒らしき黒マスクの女……）

……照彦はやはりこのコは【Q】でも「澪」でもなく、「ロビンちゃん」(⑬)だと思った。

【解説1】

①出口王仁三郎(明治四年‐昭和二三年)は、新宗教「大本」の二大教祖の一人で、代表的な著書に『霊界物語』がある。

②電伝虫は、尾田栄一郎著の日本の漫画『ONE PIECE』に登場する多機能通信機能を持つカタツムリのような姿をした生物。

③成田《なりた》悠輔《ゆうすけ》は、日本の経済学者で、東大卒業後はイェール大学アシスタント・プロフェッサー。「高齢者は老害になる前に集団自決すべし」と、暗に世代交代をほのめかす発言で話題になる。著書に『22世紀の民主主義』等。西村《にしむら》博之《ひろゆき》は、日本の実業家、論客。匿名掲示板『2ちゃんねる』開設者。

④ネアンデルタール人は、約四万年前までユーラシアに住んでいた旧人類の絶滅種または亜種。対して現生人類は「ホモサピエンス」と呼ばれる。縄文人とは、縄文時代(新

石器時代）に日本列島全域に居住していた人々の総称で、約一万六千年前から約三千年前まで現在の北海道から沖縄本島にかけて、縄文文化と呼ばれる文化形式を保持していた。現日本人は縄文人と渡来系弥生人の混血だといわれている。なお、ハプログループDやYAP遺伝子は日本人特有の遺伝子であるといわれている。
⑤スサノヲ（素戔嗚尊）神は、国生みの神イザナギが黄泉の国からの帰路に小戸の阿波岐原で禊を行った際に生まれた神で、天照大神《あまてらす》、月読尊《つくよみ》と共に「三貴子」であると『古事記』には記されているが、別の古史古伝では大陸系渡来人（徐福の和名とも？）であるとされる。
⑥VRとは「バーチャルリアリティ」の略で、一般的には「仮想現実」の意。Qはそれをオリジナルヘッドセット（VRゴーグル）を用いて別次元空間を体験できるようにした。
⑦デロリアン号は、映画『バック・トゥ・ザ・フューチャー』に登場する自動車型タイムマシンの通称。
⑧ゼロポイントフィールドとは、すべてが時間と空間を超えて情報が集まる場所のこ

と（※田坂広志著『死は存在しない』参照）
⑨アカシックレコードには、元始からのすべての事象、想念、感情が記録されているという。
⑩エヴァ初号機は、日本のアニメ『新世紀エヴァンゲリオン』で、搭乗者「碇シンジ」と神経接続されて敵（使徒）と戦う汎用人型決戦兵器 人造人間。
⑪ダース・ベイダーは、映画『スター・ウォーズ』に登場するジェダイに対峙するシスの暗黒卿で、フォースで作動するライトセーバーの使い手。
⑫ペトログリフとは、古代人が後世に伝えたいさまざまな意匠や文字を岩石に刻んだもの。
⑬ニコ・ロビンは、尾田栄一郎著『ONE PIECE』に登場する考古学者で、ペトログリフ（作中では「ポーネグリフ」）研究家。

スサノヲとの出会い

せせらぎの音が聞こえる。

紅葉の時期も終わりに近づいた山々の中で、遠くに初冠雪を被ったと思われるひときわ高い山が見える。

「はて、ここはどのあたりだろう?」

Qから受け取ったVRゴーグルをつけた後、意識をスサノヲに向けて、適当にコントローラーをいじくってはみたものの、現在自分の置かれた場所が皆目見当がつかない。

まあ、スサノヲとヤマタノオロチ(①)を想ってスタートボタンを押したのだから、イズモのそう遠くない場所に来ているはずだ。となると遠くに見える初雪を被った白い山は大山《だいせん》あたりではなかろうか?　そして目の前に流れる川は斐伊川《ひいがわ》かもしれない。

もっとも、イズモなどという地名は近畿から山陰、九州にかけても散見するし、我々が思い浮かべている出雲大社のある島根県に違いないというような思い込みは捨てた方が良いかもしれない。なぜなら何より出雲風土記にオロチ伝説は見当たらないのだ。

照彦はどことなく違和感のある大山の姿形に、いつだったか、旧千円札の裏面に描かれている富士山の湖面に映る影は、当然富士山の反転画像だと思っていたがそうではなく、実はシナイ山（②）だったという都市伝説めいた話を思い出していた。これも読者の先入観を利用した『記紀』編者のいたずらかもしれない。

照彦はQが作ってくれたアバター（③）のお陰で、心にゆとりができていた。

「なぁ～に、出雲がどこであろうと、いざとなればアバターでエヴァンゲリオンにもダース・ベイダーにも変身できるし、この二体さえあれば鬼が出ようが蛇《じゃ》が出ようが楽勝だ！　まずはとりあえず唐揚げ弁当でも食べてひと休みするか！」

と、すっかり遠足気分で、Qがホログラムで作った唐揚げ弁当を取り出して食べ始めた。

「お、うまい！」

どうせホログラムだから味も素っ気もないだろうと、半ば諦めていた照彦だったが、唐揚げのパリッとした皮の感触と、柔らかでジューシーな鶏肉のコントラストに、感動のあまり思わず声を漏らした。

「なかなかやるな、ロビンちゃん♡」

照彦はすかさず次の唐揚げを頬張ろうと手を伸ばそうとした時、ついうっかり手を滑らせて小川に割り箸を落としてしまった。

「しまった！」

古代まで来て環境破壊はいけない。ゴミは持ち帰るのが基本だ！

照彦は慌てて下流に流れていく割り箸を追いかけた。川は思いのほか流れが速く、なかなか追いつくことができなかった。それでも必死に追いかけていくと、しばらくして川下の方から一人の女性らしき人影が近づいてくるのが目に止まった。見ると手には照彦が先ほど流したばかりの割り箸がしっかりと握られている。

「あ、それボクの割り箸です。うっかり流してしまって。ありがとうございます、拾ってくださったのですね？」

照彦が丁寧にお礼を言って受け取ろうとすると、さっと背後に箸を隠しながら女は言った。

「な～んだ、そうだったの？　あちきはてっきり、箸が流れてくるということは、上流に集落があるに違いない。そこまでたどり着けば食べ物にありつけると期待して駆け上って来たのに、がっかりね！　はぁ～お腹空いた」

気落ちしながらも箸を離そうとしない女の様子を見て、よほど空腹なんだなと察した照彦が、

「あのー、コレ、ボクの食べ残しなんですけどよかったらどうぞ」

と唐揚げ弁当を差し出すが早いか、女はひったくるように弁当箱をもぎ取ると、わき目もふらずに食べ始め、あっという間に平らげてしまった。

「ふー、生き返ったわん。何しろここ数日飲まず食わずで彷徨《さまよ》ってたから」

女はそう言って照彦の手をぎゅっと握りしめた。

「あっ！」

女性とは思えないほどの意外な力強さもさることながら、女の手の大きさと二の腕

の太さ、袖口からはみ出すほどの産毛《うぶげ》の濃さに照彦は仰天した。よくよく観察すると、彼女の毛深さは腕だけでなく裾からちらつかせている脛毛もかなり濃い。それどころか襟元の奥に微かに見えるのは女性特有の胸の谷間ではなく、無数に縮れた胸毛だった。眉も太く、喉仏が異様に出ていた。

「いやん、そんなにジロジロ見られたら恥ずかしいわん！」

女は体をくねくねさせながら恥じらう「ブリッ子ポーズ」を見せたが、照彦にはキモイ以外の何物でもなかった。

「ひょっとしてこの女（男？）は今話題のＬＧＢＴ④のどれかかもしれない？」

そう疑いつつも、照彦は女の素性をもっと知りたいという衝動にかられた。

「あ、申し遅れました。私の名はモンキー・Ｄ・テルフィ、略して『テル』と申します」

照彦は以前ナギ（イザナギ尊）に教えられた通り、あえて本名を隠して、つい先ほどＱに与えられたばかりの通称を名乗った。

「あちきの名も略して『スサ』。この国に来る前の場所では『太加王《たかおう》』、ニックネームは『ジョジョ』。こちらに来てからはやたらと読みにくい漢字で呼ばれていたけど……もちろんどちらも本名じゃないわ。でもあちきはこれらの呼称はキュートじゃないから、『スーちゃん』とでも呼んでちょうだいな！」

女は照彦の自己紹介に呼応するように、別名やニックネーム等を引き出して名乗った。

スサといえば、「記紀」（『古事記』『日本書紀』）で、天照《あまてらす》、月読《つくよみ》、と並んで「三貴神」と称される、かの有名な素戔嗚尊《スサノヲ》？　そういえば彼は宮下文書という古文書では新羅経由で渡来した神で「太加王」とも呼ばれていたはずだ。では「ジョジョ」は何だ？（前解説⑤参照）

我々の常識ではスサノヲノミコトといえば、筋骨隆々の屈強な暴れ者を想像しがちだけれど、それはあくまでも「記紀」をベースにした評価であって、ひょっとしたら本当はもっと女性的で繊細な心の持ち主なのかもしれない。

「まさかこの人（神）が⁉」

「それにしても、びっくりしたわよ。たまたまもよおしたので、小川をまたいで用を足していたら、上流から箸が流れてきたじゃない。もしだいじな秘部にでも突き刺さったら……危うく妊娠するところだったワ！」

（ちょっと待てぃ！　ボクは大物主（⑤）か⁉）

　照彦は外れそうになったアゴを必死で押さえながら言った。

「そ、それはスイマセンでした。ところで誠につかぬことをお尋ねしますが、あなた様はいわゆる『オネエ』様でいらっしゃいますか？」

　遠慮がちに照彦が尋ねると、

「あら、分かる？　あちき、造りは男でも心は女なの。だって、これまでの荒《すさ》んだ争いの中で、粗暴な男の世界には辟易しちゃったから、もう男でいたくないの。そう、これからは女の時代！　そういう意味ではあちきはトランスジェンダーに近いかも。ウッフ～ン♡」

　スーちゃんは右手を後頭部に当て、左手を腰に当て、内股にして片足を上げる「マリリン・モンロー風ポーズ」で照彦にウインクをした。

「そ、それにしてもそのマッチョな体と濃ゆい眉と胸毛と脛毛、何とかなりませんか？　それじゃまるでQUEEN⑥のフレディ・マーキュリーみたいじゃないですか！」

照彦の指摘に、

「どんだけぇぇぇぇぇ〜♪」

高笑いしながら、スーちゃんは意に介せずといった感じで、照彦を無視してスタスタと歩き始めた。

櫛稲田姫《くしいなだひめ》

出雲平野（？）の秋は、今（現代）でこそ田園風景が広がっているのだろうが、天孫降臨前（我が国に稲作を広めたのは「天孫ニニギ」だといわれている）は、水田はほとんど見られず、雑草が生い茂っているばかりである。その代わりキンモクセイや桔梗、ダリア、セージ類がいたる所に咲いている。こんな時はゆっくりと花々を愛でるゆとりが欲しいものだが、スーちゃんときたら見向きもせずに上流に向かって歩を進めるばかりである。

しばらくすると前方に、田舎にしては立派な造りの館があり、その玄関口に数人の人影が慌ただしく出入りしているところにやって来た。

「あの～お忙しいところごめんなさい。こちらはオオヤマスミ（7）さんのお宅かしら？」

その館の主らしき老夫婦を見つけたスーちゃんは、腰をくねらせながら近づいて行った。

「ん？　アンタだれだ？」

老夫婦はスーちゃんの異様な風貌を、頭のてっぺんから足のつま先までジロジロと見回し、気味悪そうに言った。

そりゃそうだろう。あんな格好を見れば、誰だってそう思うのも無理はない。

「ごもっとも」照彦は心の中で大きく頷いた。

「あら失礼、あちきはかの天照大神の義弟で素戔嗚《スサノヲ》尊と申します。スーちゃんで結構よ」

それにしてもこの男、スーは、ここが大山祇《おおやますみ》の館であることを既に知っていた様子だ。

「ずいぶんと忙しそうだけど、何かあったの？」スーちゃんが尋ねると、

「そうなんです。今宵末娘である稲田姫と、ここから北の方にある越人国一帯を牛耳っているオロチ一族の首長との婚礼の儀がございまして、その準備におおわらわなのでございますよ。何しろ姉たちがオロチ族に全員嫁いでしまっていますので、人手が足りなくて……」

老夫婦はこのたび嫁ぐ稲田姫の両親で、アシナヅチ、テナヅチといった。

「あら、そうだったの？　もしよかったらそんな輩と結婚させずに、あちきと結婚させてくれない？　今ならまだ間に合うでしょ？　こう見えてもあちきは天神の縁者だから、けっこうセレブなのよ」

唐突なスーからの申し出に、

「えー、まさかそんな…、あなた様の血統は申し分ないとしても、もしそんなことをしてバレようものなら奴らに八つ裂きにされてしまいます。それに、オロチのリーダ

ーときたら、彼女に睨まれただけで石にされてしまうという、そら恐ろしい呪術の使い手だから、とても敵いっこないですよ！」

考えるも恐ろしいと言わんばかりに怯える老夫婦。

「大丈夫、あちきの言う通りにすればうまくいくこと間違いなし！」

自信満々に計画を話すスーに老夫婦は戸惑いながらも、娘の稲田姫の方を見て言った。

「娘よ、お前はどう思う？」

すると姫は目を輝かせながらも、口を尖らせて答えた。

「うーん、オロチ家に嫁がなくてもいいのは喜ばしいことだけれど、だからといって、代わりにこの人と一緒になるのはいかがなものかと……」

明らかに嫌そうに口ごもる姫を見て、スーちゃんは信じられない行動に出た。

キョロキョロとあたりを見回し、近くに自生していた一本の野バラを見つけると、それを引きちぎって姫の前に跪《ひざまず》き、QUEEN の I was born to love you をおもむろに歌い出したのだ。

歌い終わるとスーはすかさずバラを姫に差し出しながら、言った。

「ローズを受け取っていただけますか?」

すると姫は小さく頷き、

「なんかちょっとイケてるからお受けしちゃいます♡」

(受けるんかいっ⁉)

「さ、さすがフレディ♡　いや、スーちゃんすごっ!」

それにしても後世にこの歌を降ろしたのはスサノヲだったとは……。照彦は開いた口がふさがらなかった。


スーの計画とはこうだった。
1. スーが稲田姫の身代わりになって(化けて)、オロチとの披露宴に出席し、大宴会を行う。
2. オロチに八塩折《ヤシオリ》の強い酒(何ども蒸留して作る製法)で酔わせ、隙を見て首を刎ねる。名付けて「八塩折作戦」(※後世の映画『シン・ゴジラ』でゴジラを凍結させせ

るシーンに投影される）

「ムリムリ、第一アンタの女装なんてすぐバレる。てかキモ過ぎます」

照彦はとんでもないと言わんばかりに大きく手を横に振った。

「あら失礼ね。今はこんなみすぼらしい格好をしてるからブスに見えるかもしれないけど、ちゃんとお化粧したら結構イイ女よ。それよりモンキーさん、アナタも女装して給仕の手伝いをしてくれる？」

スーちゃんはそう言って照彦に向かってウインクした。

「オエー、てか、モンキーと言わずに、テルと呼んでください」

てっきりゴジラ化したスサノヲが大蛇の怪獣と戦うものだとばかり思って、エヴァ初号機まで用意したのに……。照彦は拍子抜けしてしまった。しかも自分まで女装して給仕を手伝えなんて……。

こりゃとんでもない展開になってきたぞ。どうしよう……。照彦は途方に暮れて頭を抱え、草むらにしゃがみこんだ。

と、その時。

「アー、アー、テルフィさん聞こえますカ？」

突然頭の中に聞き覚えのある女性の声が響いた。

「そ、その声はロビンちゃん？」

「誰ですか、それ？　ワタシはQですョ。そちらはどうデスカ？　うまくいってますカ？」

「うまくいってるも何も、えらいことになってまんがな……じつは斯斯然々《かくかくしかじか》。それにしてもこのVRゴーグルは異次元通話もできるんですね。こいっぁスゴイ！」

「この程度のことは、ヘッドにラインを繋げば簡単ですョ！　それに、アナタ本体はワタシのすぐ横のリクライニングチェアに座っているだけダカラ、少し大声で話しかければ直接会話することだってできますヨ」

「なんか夢がないなぁ……」

照彦はガックリと項垂れた。

「今の感じデスと、何かお困りの様子ですガ、ワタシで何かお役に立てることありますカ？　なんだか少し面白そうダカラ、よかったらワタシのホログラムごとそちらに手伝いに行きましょうカ？」

「ありがとうございます。へぇー、そんなこともできるんだ。でも今は来ない方が良いと思います。危険ですし、せいぜい女給の手伝いをさせられるくらいが関の山ですから……。それよりもカミソリと脱毛器、あと女物の衣服を数点と、化粧道具を送っていただけませんか？　できれば豊胸ブラかなんかもあると嬉しいです」

「……ふぅん、テルフィさんにはそんな趣味があったのデスね、知りませんデシタ」

彼女の呆れ顔がすぐ傍にあると思うと、照彦は赤面しそうだった。（VRゴーグルで顔が隠れていてよかったわ）

そして、たどたどしい照彦の経緯説明に、Qの笑い声が返って来た。

「ナルホド分かりましタ。推測するにスサノヲ命は相当毛深いオネエのようですネ？　衣装はクレオパトラと楊貴妃、それからメイド服でよろしいですカ？　それでよければシリウス号のトランクに入れておきますネ」

「は……い」

照彦はスサノヲと自分の女装姿を思い浮かべて、再びガックリと項垂れた。

オロチたちとの宴

照彦がシリウス号のトランクを開けると、中には依頼したクレオパトラ、楊貴妃の衣装の他に、小野小町の十二単《じゅうにひとえ》や、メイド服、バニースーツなども入っていた。さらに見ると、生ハムやメロン、ドンペリやロマネコンティ等の高級クラブ定番のラインナップや、アルコール度数六〇度越えの与那国産泡盛『どなん』が所狭しと詰め込まれていた。

「記紀」には「酒は八塩折の酒」と記されていたが、当時の醸造技術から推察しても、『どなん』の方がはるかに度数が高いと思われた。

「ロビンちゃん、若いのに気が利いてるじゃん、てか気合入り過ぎっ！」

照彦は感心すると同時に、なんだか少し嫌な予感もした。

披露宴の準備は着々と進められた。

宴席の用意は老夫婦に任せ、照彦とスーは綿密な作戦会議に入った。まずは衣装合わせから……と、その前にこの全身毛むくじゃらの体毛処理をしなければならない。

「ちょっと動かないでくださいね」

照彦はカミソリを取り出すと、スーの全身にシェービングジェルを塗りたくって、おもむろにムダ毛を剃り落とし始めた。

「あー、またこんな目に遭わされるのね。やだやだ」

ため息をつきながらも、スーは大人しく照彦に身をゆだねた。

「記紀」によると、この出雲にやって来る前のスーは高天原で狼藉を働いた挙句に捕らえられ、髪の毛を切り落とされ、両手足の爪を剝《は》がされて追放の刑を受けたとされている。

「確かそういうことでしたよね？」

血がにじんだスーの指先を横目で見ながら照彦が問うと、

「ええ、一応表向きはね。でもこれには裏があるの」

鰯雲が広がる秋晴れの空を見上げながらスーちゃんは訥々と語り始めた。


「高天原であちきが受けた実刑判決は三回分の死刑。でも死ねるのは一回だし、それにこれはオフレコだけど、デキちゃってたのよね、あちきと天照大神（瀬織津姫）の子が……。さすがに天照大神も子供たちの実父を死刑にするわけにはいかないから、減刑をして命だけは助ける代わりに、今まさに反乱を起こしかけている『根の国』を平定してこいとの密命が下ったの」


えーーー！　そっ、そういうことだったのか。だから真っ先にオオヤマスミのところを目指してきたんだ。オロチ族平定の拠点とするために……。

「でもそれにしても爪を剝がされるなんて、ひどい仕打ちを受けたもんですね？」

血のにじんだスーの指先を眺めながら、気の毒そうに照彦が言うと、

「ったくそうよねぇ。とっても痛かったわ。でも今回のあちきの追放劇は敵を油断させるための謀略の一環だから仕方がないわ。もともと越の国は、かつてキングアマテルがお妾二人を置いて治めていたところを、あちきがちょっとワルサをして、彼が留守をしている隙に奥方たちとイイ仲になっちゃったもんだから……。彼女らは、あちきを担ぎ上げたら、あわよくば国を転覆させられるのではと思ったみたい。で、反乱軍を指揮して反旗を翻し始めたの。乗せられたあちきもつい調子こいて、高天原に進軍してはみたものの、逆に絡めとられちゃって……」

「へ～、そんな経緯があったとは知りませんでした。私はてっきり、スーちゃんは根の国に葬られている亡き母上（イザナミ命）の墓参りに行く前に、お姉さんである天照大神に挨拶をしに高天原に向かったんだと思っていました。でも、警戒されたので誓約《うけい》を行い、五男三女を産んで身の潔白を証明したが、羽目を外し過ぎたので天照は岩戸に隠れた。しかしその後再び天神軍の軍門に下って、あなたは出雲に追放された……というふうに『記紀』で習ったのですが、少しばかりニュアンスが違うようですね？」

照彦は首を傾げながらも、そういえば偽書とはいわれているが、「記紀」とは別の古史古伝である『ホツマツタヱ』に「ハタレの乱」というタイトルでそのような記述がなされていたことを思い出した。


「こう見えても『KING of MONSTER』の異名を持つあちきは、力勝負には自信があったの。それなのに、か弱い姫に絡めとられてしまったこのたびの一件（『猿田照彦の次元事紀』瀬織津姫編参照）で考えが変わったわ。勝ち負けは力だけじゃない！だからこんどもあえてオロチとの一対一の勝負は避け、女装してハニートラップで敵を骨抜きにして油断させた後、隙を見て首を狩る作戦に変更したのよ。格言にもあるでしょ？『能ある鷹は爪を隠す』って！　てか、爪は剝がされちゃってないんですけど～ヨホホホ～♪」

スーは自慢げに胸を張ったが、照彦は笑えない。そもそも、あっちでもこっちでもお手付きしまくった挙句に、何度も寝返るなんて、なんちゅうふしだらな神さんだ⁉

いや本当に神様かい！　呆きれてものも言えない照彦だった。

そうこうしているうちにひととおりの脱毛作業は終わった。照彦もスーほど毛深くはなかったが、念のため脛毛の処理は施しておいた。次はいよいよ衣装選びの番だ。

「スーちゃんはどの衣装にします？」

どれを選んでもキモさに大差はないだろうと思いながら、照彦は尋ねた。

「そうねぇ～どれもカワイイけど……うん、あちきはこれにするわ♡」

スーが選んだのはクレオパトラのコスチュームだった。

（いやはや、よりによって一番露出度の高いものを選ぶとは(-_-)）

「スーちゃんステキ！　特にそのシリコン入り豊胸ブラがとっても良くお似合いです」

ついヨイショしてしまうしかない照彦だった。

「ありがと、でもあちき的にはもう少し大きいブラの方が良かったんだけど。せめてFカップ……ところで、あなたはどれにするの？」

やはりそう来たか！　それにしても〝F〟は大き過ぎでしょう？　さて私はどれに

しよう。十二単じゃ脱ぎ着に不便だし、楊貴妃のドレスも裾が長過ぎて躓《つまず》きそうだ。照彦は悩んだ末、スカートの丈が短過ぎやしないかと懸念しつつも、動きやすそうなメイド服を選んだ（脛毛を剃っておいて良かったァ〜）。サイズも万が一の戦闘時に邪魔にならぬよう〝Cカップ〟までにとどめておいた。

これでよし！


折しも夕陽は山の端に差し掛からんとしている。

この日の披露宴の会場は斐伊川のほとり、大山祇家の前に広がる河川敷の一部を区切り八本の松明で取り囲んだ円形の空き地だ。中央に新婦（櫛稲田姫に化けたスー）の席が設けられ、その周りにはぐるっと八つの御膳が並べられていた。

「ナルホド、九体のオロチ（あるいは九頭竜川の比喩？）に囲まれた八つの地域の族長たちが集まって来るということか！」

感心しながら眺める照彦の横で、宴席の準備は次々と整えられていった。

新婦席のすぐ横には焼き場が設置され、まもなく訪れるオロチ族が持参するであろう山獣や川魚等の結納品を調理する準備が整いつつあった。その光景は現代でいうところの野外ＢＢＱさながらの様相を呈していた。

「奴らが到着するまでにはまだ少し時間があるわね」

どこかそわそわして落ち着かないスーを見て、照彦が声をかけた。

「しっかりしてください、スーちゃん。緊張されるのは分かりますが、今宵はあなたが主役なんですからもっと堂々と、いや、しおらしくしていてください。それとも何か気にかかることでもあるんですか？」

するとスーは、ある方向を横目でチラ見しながら言った。

「ねー、さっきから気になってるんだけど、あなたが持ち込んだアレなあに？　ただの衣装ケースには思えないんだけど」

そこには照彦の愛車、シリウス号があった（借り物だけど……）。

「あ、これですか？　これはなんつーか、ワタシの乗り物、まぁ言ってみれば馬みたいなもんです。スイマセン、邪魔ですね、すぐに移動させます」

次元移動マシンなんて言っても面倒くさいだけだから適当に照彦が答えると、

「ふ〜ん、変わった乗り物ね。で、この一列に並んでいる白黒模様のものはなあに？」

「えーと、これは鍵盤といって、音楽を奏でる楽器です」

「へぇ〜、なんだかオモシロそうね♡」

あまりに興味深げにジロジロと眺めまわすスーを見て、

「よかったらこんなふうに……」

照彦はここに来る前に習ったばかりの『イマジン』を弾き語りで歌ってみた。

「まぁ、とってもステキな曲ね！　歌詞も素晴らしい♡（英語分かるんかいっ⁉）

あちきにも弾けるかしら？」

「よかったら弾いてみます？　他にこんな曲もありますよ」

そう言って照彦は自動演奏装置ボタンを押して、数曲のメロディを流した。

熱心に鍵盤の動きを凝視していたスーは、「分かったわ」と言って鍵盤の前に腰を下ろし、なんと、たった今聞いたばかりの曲を次々に弾き始めた。

なんという音感！　やはりこの人は根っからの歌人であり、アーティストなのだ。

ドドーン！

突如夕闇を引き裂くドラの音が鳴り響いた。いよいよオロチたちの登場だった。

「あ、来ましたよ！」

慌ててシリウス号を移動させようとする照彦を、

「あ、それはそのままにしておいて！　あとであちきが弾くから。きっとそれで宴会が盛り上がると思うわ」

よほどお気に入りの様子で、スーは照彦を制して言った。そして近くにうずくまって震えていた櫛稲田姫を抱き起こして言った。

「さ、姫、いよいよヨ。テクマクマヤコン！」

へんてこな呪文を唱えたかと思うと、スーはあっという間に姫の姿を櫛に変え、自分の髪に挿した。

「よーし、これで準備万端よ！」

いよいよ宴の時が来た。

「イラッシャイマセーーー♡」

メイド姿の照彦は精一杯のおもてなし言葉でオロチたちを出迎えた。

「おう、ネエちゃん、今日は世話をかけるぜ。早速だがこいつらを捌いてくれ」

そう言って、照彦の前に積み上げられたのは、今朝獲れたばかりの猪、鹿、ニジマス、ヤマメ等の川魚。そしてなんと、巨大な月の輪熊まで横たわっていた。

「この熊は冬眠前だから脂《あぶら》がのってうめえゾ！」

自分が絞殺したという首長の一人が自慢げに胸を張った。照彦は大蛇が熊の体をぐるぐる巻きにして絞め殺したシーンを想像して背筋が寒くなった。と同時に、熊をも倒すほどのオロチ族と正面から戦わなくて良かったと冷や汗をぬぐった。

「えー、そんな！　ワタシこんなの捌いたことないし(-_-)」

照彦が途方に暮れて泣きべそをかいていると、

「ちょっとそこ退いてクダサ〜イ！」

背後から聞き覚えのある声がした。照彦が振り向くと、なんとそこには体の線が際立ったワンレンボディコンに網タイツとブーツ姿のロビンちゃんが立っているではないか！

「なんでロビンちゃんがここに⁉」驚いた照彦が思わず裏返った声を出すと、

「やはり思った通りデスね。だってアナタの話を聞いて、お二人の女装姿を想像しただけで、いてもたってもいられなくなって来ちゃいマシタ！　それにこれだけの料理を仕上げるのはアナタ一人では到底無理デス。ワタシが来て正解！　前にお伝えしたように、これでもワタシ、料理得意なの」

そう言うが早いか、ロビンちゃんは包丁片手に片っ端から食材を捌き始めた。

「フルール♪」

奇妙な呪文を唱えながら、あれよあれよという間に熊、猪、鹿の皮を剝ぎ、ニジマスはワタを取ってバターとオニオンスライスとキノコにレモンを添えてホイールで巻き、ヤマメは竹串に刺して塩を振って囲炉裏の周りに突き立てた。その手早さといったら、照彦の肉眼では手の動きの残像を追うのがやっとで、そのせいか彼女の腕は七～八本もあるかに思えた。

「まるで千手観音《せんじゅかんのん》様みたいだ……」

照彦は呆然としてその光景を眺めていた。

「ボサッと突っ立ってないで、テルフィさんも手伝ってクダサイ！　これからワタシは皮を剝いだジビエたちの肉をそれぞれの料理に合わせて切り分けマスから、テルフィさんはそこに転がっているナタで熊の右手を切り落とし、毛を全部抜いてクダサイな！」

「えーっ、わ、分かりました。でもなんで右手なんですか？」

照彦が尋ねると、

「それはデスね、その熊は好物のハチの巣を食べる時、右手を使っていたいみたいデスから。蜂蜜のしみ込んだ肉球の方が美味しいのデス」

へぇー、このコはそんなことまで知っているんだと感心しつつ、照彦は巨大熊の右手首あたりをめがけてナタを振り下ろした。途端に真っ赤な血しぶきを浴びた照彦の周りは血の海と化した。

「なんでボクだけこんなメに遭わされるの？」

照彦が恨めしそうにスーの方に目をやると、スーはちゃっかりオロチたちの輪の中に入って、既に焼きあがったヤマメの串焼きを頬張りながら、彼らと楽しそうに酒を飲み始めているではないか！（汗）。

「そいつの前では女の子～♪　つーんとおすましそれはなに？……それはひみつ、ひみつひみつ～」

歌声まで聞こえてくる。

「やれやれ、まあ彼女は主役だからしょうがない。でもあまり調子に乗って正体がバレなきゃいいが……」

照彦はひとりぼやきながら、せっせと熊の毛を抜き始めた。熊の毛はスー並みに剛毛で（てか、スーが熊並みに剛毛だったのだが）、脱毛係は思いのほか苦労させられた。

そしてひととおり抜き終わると、血に染まったエプロンを交換しながら、これはメイド服を選択しといて正解だったと、改めて思う照彦だった。

まもなく鹿肉は刺身に、猪肉は獅子鍋に姿を変え、食卓に運ばれた。例の熊の手はじっくり煮込んだ後、「熊の手スープ」としてみんなに振舞われた。


こうして星空の下での野外ＢＢＱは大いに盛り上がった。空を見上げると、宵の明星、金星ヴィーナスが今まさに山の端に隠れんとしている。

「なんて美しい星空なんだ……」

仕込みが一段落した照彦がつかの間の休息に浸っていた静寂を、突然一人のオロチのどすの効いた声が引き裂いた。

「おーい、ネーチャンたち、酒がないぞー、酒持ってこーい！　そんでもってあんたら二人も一曲歌えやぁ～」

「えーーーーーーーー⁉」

思わずたじろぐ照彦の背後から、

「ハァーイ、ただいま！」

胸元に数本の酒瓶を抱えた網タイツ姿のロビンちゃんが近づくや否や、照彦の右肘あたりを掴み、オロチたちの前に躍り出た。見回すと、つい先ほどまでなみなみと八塩折の酒が詰まっていたはずの大甕《おおがめ》が、すべて空になって倒れて転がっているではないか！

「えー、宴会開始からまだ三十分も経っていないというのに、もう酒甕が空っぽ⁉」

彼らは伊達に「オロチ」の異名をとっていたわけではなかった（オロチといえば大蛇、大蛇といえば「うわばみ」、うわばみといえば酒豪の別称である）。

「うーん、いくら繰り返し醸した強い酒といえども、やはり醸造ものの『八塩折の酒』だけでは不充分だったたか！」

『ヤシオリ作戦失敗』を目の当たりにした照彦が天を仰いでいると、

「サァ、スーちゃんをセンターにしてワタシたち三人で歌って踊りますョ！」

ロビンちゃんは照彦とスーを促すようにして舞台の中央に進み出ると、おもむろにシリウス号に備え付けてあるＢＧＭ機能ボタンを押した。

曲目はスーちゃんをセンターにした女性３人コーラスの曲？……といえばもうお分かりであろう……。

「♪あなたが好～き　とっても好～き　私はあなたの　すべてにいつも　夢中なの～♪」（キャンディーズ『あなたに夢中』）

（やっぱりキャンディーズ⑧だったか！）

ヤンヤ、ヤンヤの大声援に続いて、

「さあこんどはこれで『オトーリ』⑨しましョ♡」

彼女が抱えてきた酒は、シリウス号のトランクに積み込まれていた、お米から作られた蒸留酒、与那国泡盛『どなん』（アルコール度数六十九）であった。

「これを、飲み干すまで下に置くことのできない底の尖った縄文土器の杯になみなみと注いで、みんなで回し飲みするのよ。じゃ、まずワタシから♡」

そう言うや否やロビンちゃんはグビリと一口飲み、隣のオロチに回した。するとすかさず、

「ね、ね、ロビンちゅあんはドコから飲んだの？」そのオロチが尋ねた。

やれやれ、いつの時代にも下品でスケベなオッサンはいるものだ……。

ロビンちゃんから回ってきた土器をなめ回すようにして次のオロチが、そしてまた次のオロチへと「オトーリ」が始まった。

「イッキ、イッキ！」

車座になって回し飲みをするこの宮古島発祥の飲酒方式は、あれよあれよという間にオロチたちの酔いを加速させた。ふと見ると、よせばいいのにいつの間にかスーちゃんまで参加の輪に入って飲んでいる。

「いくら主役が参加しないわけにはいかないとはいえ、明朝大切な仕事が控えているというのに大丈夫かなぁ……」

不安げに見守る照彦をよそに、スーちゃんはノリノリで、

「よし、景気づけにこんどはあちきが弾き語りで歌うわねッ」

と言って、するりとシリウス号に乗り込むと、ピアノの鍵盤に向かい弾き語りを始めた。

「ヨホホホ〜ヨーホホーホ〜♪　ビンクスの酒を届けにゆくよ　海風　気まかせ　波まかせ〜♪」（『ビンクスの酒』　アニメ『ONE PIECE』より）

「いよッ、待ってました、花嫁、イナダ姫、サイコー」

いつしかオロチたちと照彦とロビンちゃんは円陣を作り、肩を組んでスーの曲と歌に合わせての大合唱となった。

それにしてもスサノヲという人（神）は……。

時に常識や倫理感無視の破天荒な暴れ者だったかと思えば、強烈なオネエキャラに始まり、繊細で心優しく、フレディ顔負けの歌唱力で、即興で作詞、作曲、弾き語りをこなしてしまう天才シンガーソングライターでもあったとは。

この、知らぬ間に周囲の人々の心を掴んでしまう、いわゆる大スターの資質を備えた男（オネエ?）を、後に人々が「神《カミ》」と呼んだことにもはや異論を唱える者は一人もいないであろう。照彦はこれまでのスーに対する非礼の数々を深く恥じた。

こうして宴は最高潮を迎え、オトーリも何巡目かになった頃、ようやく酔いが回ったオロチたちは、一人、また一人と倒れ込むようにしてその場に寝転ぶなり、大イビキをかいて眠ってしまった。

作戦は大成功だった。蛇足（相手がオロチだけに）だが、作戦名は「八塩折作戦」改め「どなんオトーリ大作戦」へ、後世に改変されたとか、されなかったとか……。

ヒィーヨ、ヒィーヨ。

翌朝ヒヨドリの鳴く声で目覚めた照彦は、まだ昨夜の余韻冷めやらず、木槌で殴られたような二日酔い特有の頭痛と、精の強いジビエ料理を食べ過ぎた副作用である胃もたれから逃れるべく、目ヤニでどんより曇った寝ぼけ眼半開きで川縁まで這っていった。そして、まず左目を洗い、続けて右目と鼻を洗ったあと口を漱ぎ、ゴクリ、ゴクリと立て続けにせせらぎの水を喉に流し込んだ。

「これじゃまるで「禊《みそぎ》」そのものじゃないか！」

（これは余談だが、『古事記』では、かつてイザナギ尊が黄泉の国から逃げかえった時、筑紫の日向の橘の小戸の阿波岐原で、左目を洗った際に天照大神が、右目を洗った際に月読尊が、鼻を洗った際にスサノオ尊が……いわゆる三貴神が生まれたとされている）

「ふー、飲んだ、飲んだ。でも冷たい小川の水で顔を洗ったお陰で今少し目が覚めた。さてと、スーちゃんとオロチたちはどうなったかな？」

頭を掻きむしりながら立ち上がろうとした照彦は、よろめいて、すぐわきに横たわっている大きな倒木に寄り掛かった。すると、予想外のヌメッとした冷ややかな感触に、「うわっ！　何じゃこりゃ⁉」と、思わず飛びのいた照彦は、改めてしげしげと倒木の表皮に目をやった。

倒木だと思っていた物体は、よく見ると何やらウロコのような模様がびっしりと付着していて、昨夜の宴会場の方角にずっと伸びている。そしてもう一方は小川のせせらぎに向かって真っ直ぐに伸びていた。

「ぎゃあぁぁぁ～！」

巨大な蛇の頭が、先が二股に分かれた長い舌をせせらぎに浸したまま、生臭い寝息を立てて横たわっているではないか！

「八岐のオロチだ！　スーちゃんに知らせなくては！」

咄嗟にそう悟った照彦はもと来た方角に駆け出した。

照彦が宴会場のあとを見渡すと、先ほど見たオロチの首のだらしなく横たわった姿と、そのすぐ横で巨大な牛の角を生やした深緑色の、一見ゴジラ風の怪獣が、大地を揺るがすようなイビキをかいて寝転がっている姿が目に止まった。どうやらスーもオロチたちも酔って緊張の糸が完全に切れ、本来の姿に戻ったまま眠ってしまっているようだ。

「スーちゃん、起きろ！　寝ている場合じゃないぞ！　今のうちにオロチたちの首をハネてしまわないと、もし目覚めたらとんでもないことになる！」

しかし、照彦がどんなに揺り動かそうとも、スー（ゴジラ？）は完全に寝入っていて、ピクリとも動かない。

「どうしよう……」

このままでは「記紀」の描写にあったようなオロチ退治の結末は得られぬどころか、逆に目覚めた大蛇に飲み込まれてこちらが退治されてしまう！　てか、これでは日本の歴史が変わってしまうではないか！

照彦は思案に暮れて大きく深いため息をついた。

「よしっ！」

一大決心をした照彦は、おもむろにシリウス号のトランクルームから一着の衣装を探り当てると、それまで着込んでいたメイド服を脱ぎ捨て、それに着替えた。

「ボクがやるしかないか……」

オロチ退治

照彦が着替えた衣装は、黒いヘルメットにマント、腰にライトセーバーをぶら下げた、いわゆる「ダース・ベイダー」のアバターであった。

照彦はオロチ一体一体の頭部に歩み寄ると、ライトセーバーを抜き放ち、次々とオロチたちの首をハネていった。ライトセーバーは面白いほど切れ味が良く、あっという間に最後の一頭を残すまでとなった。

「ふー、これで最後だ……」

照彦が渾身の力を込めてライトセーバーを振り上げた時、最後に残ったドンらしき大蛇の目が微かに開いた。

「シャァァァ～、この仕打ちはわらわが越の国の長、九蛇城の主『メデューサ・ハヤコック』と知っての狼藉かえ？」

「しまった、最後の一匹が目覚めてしまった！」

照彦は咄嗟に石化されぬよう大蛇から視線をそらし、目を閉じてライトセーバーを体の右斜め下に構えなおした。

「そんなことをしても無駄じゃ、目をつむったままじゃ、わらわの攻撃など到底避けられるものではないわ。頭蓋骨を噛み砕かれて骨ごと飲み込まれるか、早々観念して、愛に満ち満ちたわらわの瞳が放つ光に打たれて石になっておしまい！」

「だまれ、だまれっ！　貴様こそワシの必殺剣ライトセーバー・円月殺法（⑩）の妙技を受けてみよ！」

照彦は精一杯はやる気持ちを抑え、ゆっくりとライトセーバーを円形に移動し始めた。

かの眠狂四郎がこの殺法で敗れたという話は今まで聞いたことがない。しかも今ワタシが手に持っているのはダース・ベイダーのライトセーバーなのだから負けるわけがない！　えーい、クヨクヨ悩むな、考えるよりも感じるんだ。フォースと共に！

照彦がそう覚悟した刹那、ものすごい殺気と共に、大気を切り裂くような音がこちらに向かってきた。

「きたっ！」

照彦は感じるままに、がむしゃらにライトセーバーを振り回した。

すると次の瞬間、何の手ごたえもないのに「ぎゃっ！」という断末魔の叫び声と共にドサッという音が大地に鳴り響いて、まもなくあたりからオロチの気配が消えた。

「あれ？　まぐれで斬れちゃったのかな？？？」

恐る恐る薄目を開けた照彦の眼前には、確かに巨大な大蛇の頭が横たわっていた。しかしそれは刀で切り取られた頭部ではなく、石化して冷たくなったオロチの無残な姿だった。

「え！　なんで？？？」

いったい何が起こったのか一瞬理解不能に陥った照彦だったが、ふと背後に気配を感じて振り返ると、そこには手に光り輝く何かをこちらに向けて持ち、無言で仁王立ちしている巨大怪獣スーの姿があった。

はて、こういう場合フツーならゴジラ特有の天にも轟く「勝利の雄叫び」が聞こえるはずなのだが……よく見ると怪獣の眼からは、なぜかどす黒い血の涙がとめどもなく流れ落ちているではないか⁉

その何とも言えぬスーの様子に声をかけるのも憚られた照彦であったが、さらによく見ると、スーの目から流れ落ちている血の涙は、どこかのマリア像のようなものではなく、ただ単に涙で溶けたアイシャドウが流れ落ちているだけだと分かった。その瞬間、何やらホッと気が抜けた照彦だった。

「スーちゃん、いつの間にか起きていらしたのですね！　さっきは起こしても、ちっともお目覚めにならないので、仕方なく私一人でこのインポシブルとも思えるミッションを遂行すべく、悪戦苦闘していたんですよ！　でも最後にボスオロチに目覚められちゃって……」

再び周囲を見回した照彦は、不審な表情を隠しきれぬままスーに尋ねた。

「あのー、ひょっとしてこの最後のオロチを退治してくださったのはスーちゃん？」

すると、泣き顔ながらも安堵の姿（元の姿）に戻っていたスーの口元が少し緩んだ。

「そうよ。何やら騒がしい音がして目が覚めたら、目の前でテルちゃんとオロチが対峙してるじゃない！　しかもテルちゃんは赤く光る刀をくるくる振り回してるだけで……あれじゃアッという間に食べられちゃうわよ。そしてまさにそうなりかけていた時、テルちゃんの背後に近づいたあちきに気づいたオロチが、カッと目を見開いてあちきを睨みつけようとしたの。咄嗟にあちきは、ロビンちゃんからもらった化粧直しのこの手鏡をオロチに向けたら、彼女は鏡に映る自分を見つめて、みるみる石になっちゃった……と、まあこんな経緯だったかしら」

「そ、そうでしたか……」

二獣の激突が見られずに誠に残念でしたと言いたいところをグッとこらえて照彦は言った。

「だとすればスーちゃんはワタシの命の恩人ですね。てか、ホントはあなたの仕事じゃないすか、これ！」

「まぁ、そうカッカしないで。もしあちきだったら、相手がいくら罪を犯したオロチといえども、とても首をハネるなんてできなかったかもしれない。だって……」

スーは再び大粒の涙をこぼして泣き出した。

「ハヤちゃん、許して……」

喉の奥から振り絞るようにこぼしたスーの言葉を照彦は聞き逃さなかった。

「いま、ハヤちゃんって言いました？　どなたです？　その方は？」

照彦の質問にスーは「はぁ……」と思い出したように深いため息をつきながらポッ

リ、ぽつりと話し始めた。
「もともとハヤちゃんは、彼女のお姉ちゃんと共に、十二人いた天照大御神の后の一人だった女性なの。その頃根の国に住んでいたお姉ちゃんのモチコさんは、初めて大御神の皇子（アメノホヒ）を身ごもり、男の子を産んだんだけど、あとから正后になった瀬織津姫穂ノコ（後の天照大神）がいたために、お世継ぎにはされず、それどころか大御神に疎遠にされて……モチコさんは口惜しさと寂しさと悲しさで、毎日泣き暮らしていたそうよ。そしてそれに同情した妹のハヤちゃんがいたたまれずに、ある日あちきのトコロに相談に来たの。そして何度か相談にのっているうちに……あちきは姉妹とイイ仲になっちゃって……。（『ホツマツタヱ』参照）おまけに妹のハヤちゃんとの間には子供までできちゃったのよ」

「ひ、ひえ〜。ひょっとしてそれって世にいう『不倫』ちゅうやつじゃ、あーりませんか!?」

照彦が目を丸くして尋ねると、

「ん？『フリン』？　なにそれ？」スーは不思議そうな顔をして問い返した。

「えー、そんなこともご存じないのですか？　フリンというのはですねぇ～、妻子ある男が妻以外の女性と不義密通することや、亭主持ちの女性が他の男性とそれをすることで、つまりは人として倫理に反する行いをすることですよ！」

　するとすかさずスーは、

「じゃ、大御神は愛妻がありながら、他の女を十二人も娶ったというのは『超フリン』ね⁉」

　開き直るスーに、

「でもその十二人の女性たちは、現代ならともかく、すべて大御神様の妻であると、公的に認められた方々でしょう？　だったらそれは不倫とは言えないんじゃありませんか？　それより、どちらが先に誘ったかは分かりませんが、少なくとも人の女房に手を出したスーちゃんは間違いなくアカンでしょう？」

　照彦はこんな当たり前のことが分かんないのかと首を傾げた。

「ふ～ん、それってなんだか理不尽な話ね！　だって、結婚届か何だか分かんないけど、たった一枚の契約書だけで他人を拘束でき、ロクざま夫の義務を果たしもしないダメ男が法を建前にその権利だけを主張できるなんて。いえ、それよりも、政治や経済効果を狙った政略結婚は、法的にはともかくとして、倫理的に許されるのかしら。『そこに愛はあるんかい⁉』って感じよネ！」

どこまでも腑に落ちない様子のスーちゃんだった。

「ま、それはともかくとして、この場の後始末を何とかしてしまわないといけませんね」

話があらぬ方向にいきかけていることにハッと気づいた照彦は、あたりの悲惨な状況を眺めながら、さてどうしたものかと両腕を組んで考え込むふりをした。

「ええ、でもその前にまだやらなければいけないやっかいなことがあるの……」

スーは気が進まない様子で言った。

「とりあえず表向きは義姉の天照大神が、助命の代わりにあちきに下したミッションはこなしたわよん。ただ、印《しるし》（証拠）を持ち帰れって言われてたのを忘れてたわ。あ～ヤダヤダ。印とは一般的には敵将の首のことだけれど、ハヤちゃんの首だけは絶対にイヤなの。首はひとたびハネてしまえば完全に命は絶たれる。でも石化したままならいずれ呪縛さえ解ければ生き返らせることができるかもしれないでしょ？　だって、実は彼女とあちきの間には娘もいるっていうのに、よもや実の父親が娘たちの実母を殺すなんて、それこそ倫理に反する残虐行為だと思わない？」

なんとも意外なスーの言葉に、照彦は、あんぐり口を開けるほかなかった。

ここで照彦は「記紀」の「スサノヲのオロチ退治」を改めて思い返してみた。

確か「記紀」では、スサノヲがオロチの首を切った後、最後に尻尾を切り落とそうとした時、自分の振り下ろした青銅の刀の刃が欠けて、尾からは頑丈な鉄製の剣が出てきた。「天叢雲剣《あめのむらくものつるぎ》」と呼ばれたその剣は、後に天照大神に献上され、天皇家の三種の神器（⑪）の一つとなった。そしてその剣は後世にヤマトタケルが東征した時から「草薙剣」と呼ばれるようになり、今では名古屋の熱田神宮内に保管されている云々……。

「そうか、この時の退治の『印』は敵将の首ではなく、オロチ族の家宝である宝刀だったはずだ！」

「スーちゃん、私に良い考えがあります。その首の代わりに敵の宝刀を持っていきましょう！　これなら天照大神様もきっと納得されるはずです。スーちゃんはここで待っていてください。ちょっくら私が行って取ってきます」

そう言うが早いか照彦はオロチの尻尾めがけて駆け出していった。


それから半日あまりが過ぎた頃……。

「いや～、参ったな。ちょっくら行ってくるなんて安請け合いしたものの、よくよく考えてみればオロチっていくつもの山や谷をまたぐほどの巨大生物だった。いったいあとどれほど行けば尻尾にたどり着くんだろう？」

照彦がさらに半日（つまりはトータル一昼夜）ほど歩くと、ようやく前方にオロチの尾の先が見えてきた。

「ふー、やっとたどり着いたぞ。それにしてもオロチってこんなに巨大だとは思わなかった。初めから分かっていたら、シリウス号に乗ってくるんだったな……」

ブツブツぼやきながら、照彦はオロチの尻尾に隠されているオロチ家伝家の宝刀を探った。

「このあたりかな？」

おおよその見当を付けてから、いよいよ一太刀浴びせんと、刀の柄に手をかけようとした時、照彦は重大なチョンボを犯していることに気がついた。

「しまった、銅剣持ってくるの忘れちゃった！」

周囲を見渡しても河畔には一面の葦が生い茂っているだけで、オロチの尾を切れそうなものはどこにも見当たらなかった。

「いや～、さすがに『葦原中つ国』（何もないだだっ広い平原）というだけのことはある……なんて言ってる場合じゃない！」

また一昼夜かけて剣を取りに戻るのもしんどい。このあたりは戦場だった可能性もあるから、どこかに一振りぐらい落ちていないかと、あてもなく芦原をかき分けていたその時、照彦は自分の腰のあたりに何か触れるものを感じた。見るとそれはQ（ロビンちゃん）があつらえてくれた「ライトセーバー」であった。

「そうか、これがあったか！　ライトセーバーは青銅剣じゃないけど、ま、いっか！」

と、迷うことなくライトセーバーを抜き放った照彦は、ゆっくりとオロチの尾の先めがけて振り下ろしてみた。すると……。

「スパッ！」

え？　ガチッじゃなくてスパッ？？？

恐る恐るその切り口を見た照彦は、愕然として言葉を失ってしまった。

「どうしよう……真っ二つに切れちゃった！」

なんというライトセーバーの切れ味！

「いやいや、感心してる場合じゃない、これじゃ到底天照大神に献上できないぞ……」

照彦が途方に暮れていたその時だった。

「おーい、テルちゃ～ん！」

遠くでシリウス号に乗ったスーちゃんが手を振っているではないか！

「うわっ、どうしよう」

スーはみるみる近づいてくる。

きたっ！

「ソード（剣）はゲットできた？」

「……あぁ、はい、モチロン。ただちょっとした手違いがあって……代わりにこれを持っていってください！」（汗）

そう言いながら、照彦が条件反射的にスーに差し出したものは、それまで照彦が手にしていたライトセーバーだった。

「ホゥ、ずいぶんと変わった形をしてるわネ、それにしてもこの剣、柄だけで刃の部分がないわ？」

「ハイ、その刀の刃は、それを使う者の『念』で発現するんです。しかも、念の種類によって色も変わります。たとえば怒りや憎しみ等の強い念（荒魂）が前面に押し出されて戦う場合は赤。穏やかな心持ち（和魂）の時は青。幸魂や奇魂の時は緑だったりすることもあります」

気が動転している割には流暢に解説ができる自分に、我ながら呆きれる照彦だった。

「へぇー、面白そうね、あちきにも使いこなせるかしら、これ？」

すかさずライトセーバーを手に取ったスーは、しばらく物珍しそうに眺めていたが、急に真顔になると、両手で握った柄を眼前で垂直に立てた。

「ビィーーーン‼」

直後、ピンク色をした光の刀柱が立ちあがった。

「す、すごい！」

初めて手にするのにたちまち使いこなしてしまうなんて、先の音感の鋭さといい、スーちゃんは素晴らしい感性の持ち主だ。でも照彦はピンクに光る剣を見るのは初めてだった。

「あのー、まことにつかぬことをお尋ねしますが、スーちゃんは今どんな気持ち（フォース）で剣を握りました？」

するとスーは少し恥ずかしそうに頬を赤らめながら言った。

「どんなって、このあとのイナダ姫との新婚初夜を想像……もう、テルちゃんたらイヤねェ！」

……やはり「エロ魂《ミタマ》」だったか。(-_-)

二人が元の場所に戻ると、あたりはすっかりと片付けられており、見ると、周囲に比べてやや小高い丘に幾重にも垣根を巡らした新婚夫婦の館が今まさに出来上がらんとしていた。

「おお、舅殿は気が早いわね、そんなに早く孫の顔が見たいのかしら、ふふふ。あ、そこの大工さん、垣根はちゃんと八段でこしらえてくれたかしら？　それと、ドアは小さく、窓は大きくして、部屋には古い暖炉を置いて下さる？」

早々施主気取りのスーは、部屋の間取りから、内装にいたるまで細々と指示を出した。

「あのー、なんで垣根は八段じゃなきゃダメなんですか？」

照彦が素朴な疑問をスーに投げかけると、

「だってそうじゃない。八岐大蛇《やまたのおろち》は越の国を流れる九本の川に挟まれた地域を地盤とする八部族の連合組織の総称だから。その彼らが天照率いる天津神に対抗しているわけだから、この国を治めるためには最低でも八方に垣根を作って、これから起こりうるであろう彼らとの闘いに備える必要があるのよ。これから櫛稲田姫と子作りもせにゃならぬし、それに落ち着いたら玄界灘の孤島に幽閉されている、ハヤちゃんとの間に生まれた娘たちを引き取って、一緒に暮らそうとも思ってるし……これからとても忙しくなるわ」

強い意気込みを見せるスーちゃんだった。

「あ～なんて清々《すがすが》しいのかしら♡」（このことから後にこの地は「須賀《すが》」と呼ばれたらしい）

完成した新居を見回したスーは大満足の様子で館の周りを散策した。大邸宅というにはほど遠い、こぢんまりとした館であったが、とりあえず稲田姫と二人で暮らすには充分なほどのマイホームだ。聞くところによると、以前スーはとある娘と恋に落ち結婚寸前までいったにもかかわらず、持ち家（宮）がないということで相手の両親の許可を得られず破談になった苦い経験があるらしく、このたびのマイホーム建設は、スーにとっては喜びもひとしおのようだった。

「八雲立つ　出雲八重垣　妻籠みに
　八重垣作る　その八重垣を」

この時スサノヲが詠んだ日本初の和歌とされるこの歌は、こうして作られたのかと思うと実に感慨深いものがあるものよと、晩秋の空をゆっくりと流れていく雲を眺めながら、しみじみと思う照彦であった。

「ギギイ～」

竹で編んだ小さな木戸が開くと、奥からけっして美人とは言えないけれども、ほのかな気品漂う清楚な身なりをした稲田姫が現れた。

「あなた、お帰りなさい。さぞかしお疲れのことでしょう？　お風呂になさいますか、それともお食事になさいますか？」

「キャー、『あなた』だって！　お風呂だって！　混浴で背中流してくれるんだって！　アーンしてゴハン食べさせてくれるんだって！♡」

スーは小躍りして大はしゃぎだった（誰も背中流すとも、アーンしてとも言ってないし……）。


「あ、待って！　その前にちょっとこっちへ来て！」

突然何を思ったか、スーは稲田姫に駆け寄った。そして彼女の手を引いて、玄関前に停めてあったシリウス号に導くと、助手席に導いた。

「姫、今日の良き日を祝って、これから姫のためにあちきが即興で作った歌を歌うわね。木戸の建て付けの悪いギギ音は少し気になったけど、まぁ些細なことはドンマイ、ドンマイ。じゃいくわよ♡」

「もしも〜私が〜家を建てたなら〜小さな家を建てたでしょう〜♪……

真赤なバラと白いパンジー　子犬のよこにはあなたあなたあなたがいてほしい〜♪」

（小坂明子「あなた」）

回想

「お帰りナサイ。太古の出雲の旅はどうでしたカ？　何かご縁が結べたデスカ？」

（出雲大社は「縁結びの神」だといわれている）

照彦がVRゴーグルを外すと、鼻と鼻がくっ付きそうな至近距離にQの顔があった。

「わわっ、ご縁も何も、スサノヲと櫛稲田姫のラブラブには、もう見ているこっちが恥ずかしくて……、一緒に夕食でもと誘われましたが、ご辞退して帰ってきちゃいました。それにしてもロビンちゃんのお陰でいろいろ助かりました。食事の準備もさることながら、特にあなたがスサノヲに渡してくれた手鏡のお陰で命拾いしましたよ。ありがとう」

「オヤクニタテテ光栄デス。ワタシも充分楽しませてもらったワ。スーちゃんはとっても面白いキャラでしたネ。本で読むのと実物に会ってみるのとは大違い。テルフィさんが『本人の生きざまを知りたい』と言われた意味がよく分かりましタ」

「それよりも……」

　スサノヲと行動を共にした中で、今までの史書では知り得なかった事実や人間関係、ひいてはそれらが複雑に絡んだ結果、今後に起こりうる未来にまで妄想が膨らんで、頭がパンク状態だった照彦は、誰かに話さずにはいられない状況に陥っていた。

「まぁ、落ち着きマショウ。テルフィさんはご馳走もいただかずに帰還サレタのデショウ？　ちょうど新蕎麦《そば》が入ったとこですカラ、ワタシが今から打ってアゲマス。お蕎麦デモ啜りながら、ゆっくりお話しシマショウ」

　そう言ってQ（澪）が照彦を案内したのは、研究所の片隅にある屋台コーナーだった。

　ご丁寧に赤のれんまで掲げてある。

『郷土料理・愛《a》席《i》食堂』（なんじゃこれ？）

「ちょっ、ちょと待てい!!　なんでこんなところに、こんなコーナーがあるんですか？」

「これはワタシの趣味デス。デモ自分で言うのもなんデスガ、評判は上々デス。ランチタイムや残業中のスタッフたちガ大勢食べに来てくれマス」

Qは例によって超人的な手捌きで、粉をこね始めた。

「蕎麦は水加減が大切デス。空気が混入しないようにこね上げてから伸ばす、たたむ、均等な細さにカットして茹で上げる。どれも匠の技とスピードが命デス」

「フルールル♪！」

例によって奇妙な掛け声と共に澪の腕は再び七〜八本になった。

「あのー、ひょっとしてあなたは悪魔の実の能力者ですか？」

照彦は呆然と目の前の光景を眺めていた。

「サ、できマシタ。のびないうちに召し上がレ。ところで今なんか言いマシタ？」

「……ですから、ひょっとして澪さんは悪魔の実の……」

「チョト何を言ってるかさっぱりワカリマセン。蕎麦の実は食べたことありマスガ、さすがに悪魔の実はありませんネエ。まぁ、少しバレてるみたいデスから申しマス。実はワタシ、人型ＡＩロボットなんデス」

「えーっ、そうだったの？　それじゃ、君はロビンちゃんというより『ロビタ』⑿⁉

あるいは、ロビン・ウイリアムス、もとい『アンドリュー』⒀じゃないか‼」

ロビンちゃんに初めて会った時から、どこか人間らしからぬ、冷ややかな言葉遣いや機械的な動きに違和感があったが、今初めてその謎が解けた照彦だった。

「それにしても、ロボットさんにマラソンや料理の趣味があるってどゆこと？」

照彦が、素朴な疑問をストレートにぶつけると、

「……ワタシ、少しでも人間らしくなりたいのデス。その意味で今回のスーちゃんとの出会いはとても有意義でしタ」

「へー、そうなんだ……」

照彦はあんぐりと開いた口に、差し出された蕎麦をそのまま押し込んだ。

「う、ウマいっ！」

手打ち蕎麦のコシの強さといい、そばつゆの出汁の取り方といい、澪の蕎麦打ちはまったく非の打ち所がなかった。

研究所からの帰路、照彦は再び皆神山の頂上に立っていた。天空には太古で見上げたそれと変わらぬ星空が横たわっていた。カシオペア座とペルセウス座、そしてアンドロメダ座が仲良く並んで輝いていた。

アンドロメダ座の中心に位置するアンドロメダ星雲は、我々地球人が住む太陽系が属する銀河系によく似た星雲である。二百五十万光年離れたこの星雲の中にも地球のような惑星があって、中にはスサノヲのような人格を持つ神様たちがいて、数々の神話のストーリーがあるのだろうか。


人間になりたいと言った人型ＡＩロボットロビンちゃん。

破壊神だの、KING of MONSTERだのと畏れられ、崇められながら、根は繊細で、人として平凡で温かな家庭を持ちたがったスサノヲ命。

人間って、そんなにいいものだろうか……人生って、ＡＩロボットや神が望むほど、素晴らしいものなのだろうか？

そんなとりとめない思いを巡らせながら山を下りる照彦だった。

【解説2】

①ヤマタノオロチは、『日本書紀』では「八岐大蛇」、『古事記』では「八俣遠呂智」と表記し、一般的には出雲の地でスサノヲ命によって退治された複数の頭を持つ大蛇とされている。しかしながら、『古事記』に「高志（北陸）之八俣遠呂智」とあることから、筆者は、八つの俣（岐）があるのであるなら頭は九つ。すなわち九頭竜川（福井県）で、各々の河川に囲まれた八つの地域に住む種族を「オロチ族」といったのではないかと考える。ただ、出雲風土記には一切記述が残されていないため、ヤマタ＝八幡（北九州）ではないかという別の説もある。

②シナイ山は、中東のシナイ半島にある、モーセが神から十戒を授かったとされる山。

③アバターとは、自分の分身となるキャラクターで、語源はサンスクリット語で「神の化身」。

④ＬＧＢＴとはセクシュアル・マイノリティー（レズビアン，ゲイ，バイセクシュアル，トランスジェンダー）の総称。

⑤三輪山の大物主神が丹塗矢に変じ、溝を流れて用便中の勢夜陀多良比売《せやだたらひめ》の陰部を突いて懐妊させたという説話がある。（この時生まれたイスケヨリヒメは後に神武天皇の皇后となる）

⑥QUEENは、一九七三年にデビューしたイギリス・ロンドン出身のロックバンドで、中心的ボーカリストのフレディはゲイだったといわれている。

⑦オオヤマスミ（大山祇《おおやますみ》）は日本各地を縄張りとする山の神、海の神の総称で、『猿田照彦の次元事紀』に登場した天照大御神の正后「瀬織津姫」や、天孫ニニギの后「木之花咲耶姫」もオオヤマスミ一族の姫とされている。

⑧キャンディーズは、一九七〇年代に活躍した「ラン」「スー」「ミキ」の女性三人組のアイドルグループ。

⑨オトーリとは、沖縄県の宮古列島で行われる飲酒の風習で、泡盛をみんなで回し飲みする豪快な飲み方をいう。

⑩円月殺法は、柴田錬三郎の小説に登場する剣豪・眠狂四郎が使用する必殺剣で、名前の通り刀剣を円を描くようにゆっくり回し、描き終わるまでに相手を倒すとされて

いる。

⑪三種の神器とは、古の昔より皇位のしるし（印）として伝えられている三つの宝物。八咫鏡・草薙剣（天叢雲剣《あまのむらくものつるぎ》）・八尺瓊勾玉をいう。

⑫⑬「ロビタ」や「アンドリュー」は、人の心を持つロボットで、前者は手塚治虫著漫画『火の鳥・復活編』、後者は映画『アンドリューNDR114』（ロビン・ウイリアムス主演）に登場する。

第二章　大国主《おおくにぬし》編　—出雲神話—

因幡《いなば》の素兎《しろうさぎ》

風が強い。

沖から陸に向かって吹くこの風は海の抵抗をものともせず、水面を白くたたきながら、あたかもこの世とは別次元の虚空にぽっかり開いた穴から吹き出てくるようだ。

それでなくても荒れることの多い玄界灘は、冬のこの時期は特に厳しい。

地元の人々はこの白波のことを、波間をピョンピョン跳ねる白兎にたとえた。そう思うと、小刻みに押し寄せるうねりは、鰐《ワニ》の背中に見えなくもない。

「よし、ここならきっと遭遇できる！」

照彦は何か確信めいたものを感じて、寒風吹き荒ぶ波打ち際から少し離れた小高い場所に腰を下ろした。

Ｑから拝借したＶＲゴーグルは、サイドに取り付けられたつまみをコントロールすることで双眼鏡の役目も果たしてくれるし、集音マイクのボリュームを上げれば遠くの会話を聞き取ることもできる超スグレものだった。

「いつ見ても海って雄大だなぁ……」

しばらく広大なる冬の海を感慨深く眺めていた照彦は、ふと水平線のかなたに小舟を見つけて、ゴーグルの照準をその小舟に合わせて倍率を上げた。

小舟には白装束の人影が見えた。吹き荒れる風に長い髪がたなびいている様子から見ると、どうやら女性のようだ。小さな帆いっぱいに風を受けてこちらに向かってくる。

そして小舟のさらに沖に目をやると、後方から数隻の船が後を追うように少しずつ距離を詰めながら近づいてくる様子が見て取れた。

遠くで表情までは分からなかったが、女は追手から懸命に逃げているように見えた。しかし女は、あと少しで岸にたどり着かんとするところで、ついに追いつかれてしまった。

女は砂浜に投げ出されたかと思うと、数名の男に取り囲まれて乱暴され、それが終わると、男たちは再び船に乗って沖に去っていった。それはあっという間の出来事だった。

なすすべもなく呆然とその光景を眺めていた照彦が、ハッと我に返って女の救助に向かおうとした時、少し離れた場所から女に近づいてくる別の男たちと、さらにその少し後方から大きな袋を担いでやって来る一人の男が照彦の目にとまった。

遅れてついてきた男の出で立ちは、長い髪を角髪《みずら》（①）に束ねた、弥生人風の優男《やさおとこ》で、遠目にもなかなかのイケメンであった。

前方の集団は当時八十神《やそがみ》（②）といわれていた豪族のようで、波打ち際に崩れ落ちるように両手をついて屈み込んでいる女に、一言二言話しかけたあと、介護する様子もなく、まもなく笑いながら立ち去っていった。

「傷ついた乙女を助けようともせず置き去りにするなんて、なんという非情な男たちだ！」

　照彦が込み上げる怒りに震えながらも勇気を奮い立たせて女に走り寄ろうとしたが、それより先にあとから少し遅れてやって来た男が、ゆっくりと女性に近寄った。男は、衣服を引き裂かれ、海水にまみれた女の肩に優しく手を差し伸べて抱き起こすと、担いでいた大きな袋を下ろして、中から何やら液体の入った皮袋を取り出した。

　そしてそれまで女が着ていた衣服をそっと脱がすと、その液体で丁寧に女の体を洗った。次に別の袋から取り出した粉状の薬らしきものを、女のただれた部分に振りかけた後、中央に穴の開いた柔らかい布をすっぽりと女の首にかけて優しく包み、腰のあたりを麻紐で結んだ。

「つらい思いをさせたね。でもこれで大丈夫。あとは常に清潔にして、ゆっくり静養してください」

　そう言うと、男は再び重そうな袋を担いで、先に行った男たちの後を追って走り去った。

―♪大きな袋を肩にかけ　大黒様が来かかると～
　～ここに因幡のしろうさぎ　皮を剥かれて赤裸～
　大黒様は憐れがり　きれいな水に身を洗い　～
　　～　蒲の穂綿に包まれと　よくよく教えてやりました～♪　―

　（明治三八年　作詞・石原和三郎　作曲・田村虎蔵　『大こくさま』より）

照彦が子供の頃に母から聞いた神話ソングの一フレーズを、今まさに目の当たりにした瞬間だった。

大己貴《おおなむち》

「ふー、寒かったぁ～　ただいま戻りました」

照彦がＶＲゴーグルを外すと、待ち構えていたかのように目の前に白衣を着たＱの姿があった。

「お帰りナサイ。厳冬の海は凍えたデショウ？　それでバニーちゃんには無事会えたのデスカ？　あ、その前に、お腹も空いているでしょうカラ、どうぞこちらへ！　何か温まるものデモ作るわネ。お話は食べナガラ聞かせていただくワ」

そう言ってＱは照彦を毎度お馴染みフードコーナー「郷土料理・愛席《ai》食堂」へ案内した。

「つい先ほど雪原に仕掛けたワナに野兎が掛かっていたノデ、捕らえて皮を剥いで串刺しにし、炭火でミディアムレアに焼き上げマシタ。塩胡椒で召し上がれ！　それとこちらは寒鮒《カンブナ》をさっと湯通しして臭みを取った後、鰹だしと信州味噌を合わせてこしらえた「鮒《フナ》コク」（③）でゴザイマス♡　体の芯から温まりマスヨ！」

突然目の前に、血の滴る兎の串刺しを差し出された照彦は、つい先ほど見てきたばかりの、乱暴され、皮を剥かれて赤裸になった兎の悲惨な姿がよみがえり、

「あ、いやちょっと……せっかくのご馳走ですが、私は兎肉は苦手で……」と丁重に断わった。

「アラ残念ね、それじゃアナタは鮒コクの方を召し上がれ！　今の時期の鮒は鯉より美味しいデスヨ」

いつの間に着替えたのか、Qは白衣姿から肩をあらわにした黒いボディースーツにレオタード、兎耳のヘアバンドのバニー姿になって照彦をもてなしてくれた。

「どう？　似合う？」

そう言いながら澪ちゃんは鼻歌交じりで兎串にかぶりついた。

♪うさぎおいしかの山～　小鮒釣りしかの川～♪

（ヘンなＡＩ、てか、歌の意味が違うじゃろ？）

「ところでそのバニーちゃん、もとい因幡の素兎の件ですが……聞く気ある？」

訝《いぶか》し気な表情をあらわにしつつ照彦は語り始めた。

「やはり記紀神話は比喩的に創作されたお伽噺であって、史実はずっとリアルでしたワ。それに現場は私が思い描いていた鳥取県の白兎海岸ではなく、九州北部のようでした」

これは間違いなくビッグニュースに違いないと目を輝かせて語る照彦に、

「そうね、ソーユーこともあるわネ」

特に驚いた様子もなく、ＡＩロボット嬢は物静かに答えた。

「うーん、なんという無表情！　これもＡＩロボットのなせる業か⁉」

常に客観的で冷静沈着なＡＩロボットのロビンちゃんによると、「記紀」には多分にそういうところがあって、特に『古事記』は、読み手がその暗喩からいかに史実を読み解くかが試されているのだという。編者の藤原不比等は遊び心がいっぱいの人で、それ故古事記研究者の間ではそれを「古事記の暗号」とさえいわれているらしい。

「ナルホド、つまり記紀神話は推理小説みたいなものだってことですね？　で、このたび分かったのは、どうやらこの神話はもともと九州北部の海辺の出来事だったってこと！　そして当時あの地域は和邇《わに》族や宇佐《うさ》族、宗像《むなかた》氏や安曇《あずみ》族といった幾種類もの海神族（海賊？）が往来していて縄張り争いをしていたようです。（ひょっとしたらあのあたりは日本のグランドラインとも呼ばれ、白ひげ海賊団やビッグ・マム、赤髪シャンクス等の四皇や、王下七武海なんかも出没していたかもしれない④）……知らんけど）それでバニーちゃんは……て、何を言わせるんですか！（汗）　白兎さんは海神族の抗争に巻き込まれたウサ族の巫女さんだったみたいなんです」

　話しながら、か弱き乙女が海の荒くれどもに乱暴されるのを黙って見ていただけの自分のふがいなさに改めて落胆する照彦だった。そんな照彦を見て、

「そんなに落ち込まないでクダサイ。あまり介入し過ぎると歴史が変わってしまうということもありますからネ。そういえば以前アナタはスサノヲのミコトにダース・ベイダーのライトセーバーをあげちゃいましたよネ？　いくら咄嗟のことでやむを得な

かったとはいえ、あれはちょっとマズかったデスネ。近々当研究所のコンプライアンス委員会から呼び出しがあるかもしれませんから覚悟しておいてクダサイね」

淡々と話すQの言葉に恐縮しながらも、ひょっとしたら現在の熱田神宮の宝庫にはライトセーバーがひっそりと保管されているのかもしれないと思うと、痛快さを隠しきれない照彦だった。

「ねえ、ところで次はドコ行くの？　モンキー・D・テルフィさん！」

ようやく神話探訪の話に本腰を入れて耳を傾ける気になったQに、照彦はすかさず答えた。

「うん、先ほどまでの話はまだ旅の途中だから、続きを見に行きたいと思ってるんだ。あの時兎を助けたヤサ男、たぶん大己貴《おおなむち》（後の大国主）だと思うのだが、何だか気になってね。『記紀』では大己貴はあのあと数々の試練を乗り越えて出雲の王に成長していく過程が描かれていくのだが、こんども史実を知りたいというよりも、彼の生きざまを間近で見てみたいという衝動にかられてね。なぜって、彼と兎との触れ合いを見た時、なんだかとても温かいものを感じてしまったからね。できれば彼を陰で手助けしてやりたくなったんだ」

　目を輝かせながら話す照彦に、

「またまたぁ～スグ調子に乗るんだから、テルフィさんハ！　でも下手に手ヲ出し過ぎるト、また歴史を変えてしまいかねないカラ気をつけてクダサイネ！　そうなったらアナタは再犯だから、次は勧告だけでは済まされないデスヨ。マァそうはいってモ、先ほども呆然と見ていただけで、兎一匹（巫女一人）助けられなかったくらいだからダイジョウブかもネ。デモなんとなく心配ダカラ、こんどはワタシも付いていくことにするワ。」

「そんなこと言われたって……」

『歴史を変えてはならない』とはよく聞く話だが、どうして変えちゃダメなのだろう？

　確かに過去のある時点に別の手を加えることによって、思わぬ不測の事態が起きてしまったり、生まれるべき偉人が生まれなかったりすることはあるかもしれない。が、だからといって、たとえば目の前に瀕死の人がいるのに見て見ぬふりをするのは人道的に問題があるし、それはかえって倫理に反する行為ではなかろうか？

それに、今の世の中が完璧な時代であるならよいが、多くの不具合が生じていることからしても、過去の過ちを修正する行為は認められてもよいのではないかと思う照彦だった。

ともかくこうしてロビンちゃんも照彦と共に古代の世界へ向かうこととなった。

八上姫《やがみひめ》

「ねえ、ロビンちゃん、八上姫ってどんな女性だと思う？」

浜辺を歩きながら照彦は尋ねた。

「これは前回の話の続きになるんだけど、大己貴に助けられたバニーちゃんは、巫女である自身の霊力を駆使して、本当は八十神の一人と結婚するはずだった、宇佐族の長の娘である八上姫を大己貴と妻合《めあ》わせて恩返しをしたというほのぼの話は本当かな？」

「そうねえ……本当かもしれないケド、大己貴ってテ、アナタが言ったようにイケメンでプレイボーイだったみたいダカラ、彼はもしかしたら兄貴分（八十神）の婚約者だった姫を横取りしちゃったのカモシレナイわネ。でなきゃ恨みを買って焼け石を落とされて、殺されかけたりするはずナイもの。（後述）『記紀』では、八上姫は後に大己貴の正妻となったスセリ姫（スサノヲの娘）の嫉妬を受けテ（前妻だったのに）離婚を余儀なくされちゃったらしいじゃない？　それで八上姫は大己貴に捨てられた腹いせに、せっかく二人の間にできた子供を木の俣に挟んだまま実家に帰っちゃったんデショ？　それってやはり相当な恨みや嫉妬のなせる業だったと思うワ」

それにしても「モテる」ということは、本人にとっていいような、罪作りのような……。

もし大己貴（後《のち》の大国主）がイケメンじゃなくてブサイクだったら、クレオパトラの鼻が三センチ低かったら（⑤）みたいに、それだけでその国の歴史は変わっていたんじゃないかと、マジメに考察を始める照彦であった。

蚶貝比売《きさかいひめ》と蛤貝比売《うむかいひめ》

「おのおの方、準備はよろしいか？　けっして外すなよ！」

とある山上に数人の男たちが集まって何やら良からぬ相談をしている。よく見ると、男たちは以前海岸でバニーちゃんを置き去りにした八十神たちであった。


男たちの標的は山裾で微動だにせず仁王立ちしている一人の男だった。角髪を結った弥生風の男はまぎれもなく大国主その人である。いや、「大国主」という呼称は、後に彼がイズモ地方を平定し終わった頃に付けられた尊称、あるいは役職名だから、今、この目の前の状況では、まだ「大己貴《おおなむち》」と名乗っていたかもしれない。

彼らは大己貴に「おいナムヂ、俺たちが山の上から赤猪を追い出すからオマエは捕まえて料理しろョ！」と言って騙し、赤く焼けた大岩を大己貴めがけて落とし、あわよくば焼き殺そうと目論んでいた。

記紀では、大己貴は八十神たちの末っ子という触れ込みであったが、他の屈強な兄弟たちと比べてひ弱だったので逆らうこともできず、もとより料理好きだったこともあって、猪（＝ジビエ料理）と聞いて快く引き受けたのだった。

照彦は近くの木陰からその様子を息をひそめながらじっとうかがっていた。

その少し前、山麓では万が一の場合に備え、ロビンちゃんは医療器具一式を揃えて、大きな杉の木の陰で待機していた。そしてその時の山上の照彦の役割は、下で待機しているロビンちゃんと示し合わせたうえ、彼らの暴挙を阻止するか、手元を狂わせて焼け岩の落下ルートを外させるミッションを請け負っていた。

大己貴はそんなこととはつゆ知らず、いつの間に誘ってきたのか、三人の女たちを引き連れて楽しそうに談笑しながらＢＢＱの支度に余念がない。

よく見ると三人のうち二人はきゃぴきゃぴギャル、そしてもう一人はお色気たっぷりの熟女風の中年女だった。（大己貴のゾーン広っ！）

「ったく人の気も知らないで、いったい何なの、あの人たち⁉　助けるのやめようカシラ……」

呆れてものも言えないロビンちゃんだった。

「では落とすぞ、イチ、ニの……」

「ちょ、ちょょっと待てィ‼」

男たちの号令に合わせて照彦が飛び出した。

だが八十神たちの屈強さにビビり、勢いに気後れした照彦の阻止力は功を奏せず、赤い焼け岩は炎を纏いながら、そのまま真っ直ぐに大己貴めがけて転がり落ちていった。

「ファーーーーー‼」

照彦は力の限り叫んだが無駄であった。

「ナイスショット！」

男たちは岩が大己貴を直撃したのを確かめた後、小躍りしながらその場を立ち去った。

「キャー、ど、どうしよう！」

あたりは騒然とした空気に包まれた。ギャルたちはどうしていいか分からず、おろおろと立ち尽くすばかり。

対照的に、真っ先に大己貴に駆け寄ったのは熟女風の女だった。

「ナムヂっ、しっかりして！　すぐ助けを呼んでくるからね！　そこのギャルたち、私は今から高天原にいるＤｒ．カミムスビに救助をお願いしてくるから、その間二人はナムヂの全身焼けただれた皮膚に若い貝汁をふんだんに塗りたくって癒してあげて！」（な、なんという治療方法だ！）

そう叫びながら中年女は駆け出していった。すると、

「ちょっとソコの二人、ジャマだから退いテ！　ソンナやり方じゃ彼女が戻る前にこのコは死んジャウわよ！」

遠ざかる中年女と入れ替わりに飛び出してきたのはロビンちゃんだった。彼女は二

人のギャルたちを押しのけるようにして、ぐったりと動かない大己貴に近寄ると、

「やばい、やばい、イソイデ治療しなきゃ。ここはワタシに任せて！」

そう言うや否や、携えていた医療バッグを開けて数々の器具類を取り出し始めた。

そこへ照彦が駆け下りてきた。

「ごめん、ロビンちゃん、失敗した！」照彦の言葉が終わらないうちに、

「アンタいったい何やってたのヨ、この役立たず！　ボーッと生きてんじゃネェヨ！」

「くッ、何もそこまで言わなくても……」

半ベソをかきながら、恨めしそうにロビンちゃんを見上げる照彦に、

「イイカラそこへ防菌シートを広げテ、彼を仰向けに寝かせるのを手伝っテ‼　イチ、ニ、サンッ！　イイワ、すぐさまオペに入るわヨ！」

確かにこの状況はしょげ返っている場合ではない。照彦はロビンちゃんに言われるままアシストに入った。

ロビンちゃんの手際の良さは、以前スサノヲと櫛稲田姫とオロチたちとの結婚披露宴会場での料理の時で実証済みだ。

「フルール！」の奇声と共に数本の手を伸ばしたかと思うと、目にも止まらぬ速さで焼けただれた皮膚をそぎ落とし、臀部の皮を剝いで移植し、骨折した箇所を固定した。

「メス！　鉗子！　バイタルは？　汗を拭いて！（ＡＩロボットなのに汗？）」

次々に発せられるロビンちゃんの声に、照彦は懸命に対応した。そして極めつけは、

「これでヨシ、あとはそぎ落とした彼の皮膚細胞を、先日その道の権威であるＹ中先生から教ワッタ方法で培養しテＩＰＳ細胞を作り、足りない部分を補充すれば傷跡も残らないわヨ」

なんと、こんな古代に現代の最新再生医療が施されるとは、驚きと感動を隠しきれない照彦であった。

「ロビンちゃんて、スゴイ！」

賞賛の拍手の渦（といっても照彦とギャル二人の三人だけだが）に包まれながらＡＩロボットのロビンちゃんは包帯でグルグル巻きにされて、仰向けに横たわっている大己貴の肩の部分にそっと手を添えた後、振り返りざまに一瞬にこりと笑って言った。

「ワタシ、失敗しないのデ♡」

こうして大己貴の手術は大成功裏に終了した。ロビンちゃんはギャルたちにこのことはけっして他言しないように念を押したあと、

「意識が戻ったら、母の乳汁でも貝汁でも、なんでも塗ってあげていいわよ、ただし感染症には気をつけてね」

そう言い残すと、

「そうと決まったらココに長居は無用、行きまショ！」

強引に照彦の腕を掴むと、さっさとその場を後にした。

あとで分かったことだが、この時その場に居合わせた女性たちは、「記紀」によると、例の熟女が「刺国若比売《さしくにわかひめ》」で、大己貴の母親。あとの二人は、ひとりが「蚶貝比売《きさがいひめ》」で赤貝の化身。もうひとりは「蛤貝比売《うむかいひめ》」で蛤《はまぐり》の化身だったそうだ。が、しかし、別の伝承によると「蚶貝比売」＝「市杵嶋姫命《いちきしまひめ》」、「蛤貝比売」＝「田心姫《たごりひめ》（多紀理毘売《たぎりびめ》）」であったという。

もしそうだとすると、彼女たちは天照とスサノヲの誓約《うけい》(「記紀」による)によって生まれた娘であり、その後スサノヲの娘とされた姫たちであるが、別の古史古伝によると、実は彼女たちは、男神アマテルの后の一人とスサノヲの不倫の子ではないかとの説もある。両名とも福岡にある「宗像《むなかた》大社」に祀られており、田心姫はその後ちゃっかり大己貴の奥さんになったというから呆れてものも言えない。

いざイズモへ！

時は現代。

照彦が「バットマンの秘密基地」と呼んでいる、長野県松代地区にある研究所内の「郷土料理・愛《a》席《i》食堂」はこのところ彼のお気に入りの場所となっていた。何しろ澪さん(＝Q＝ロビンちゃん)の作ってくれる郷土料理はどれも美味しいのだ。既に節分は過ぎたとはいえ、信州は残雪もあり、特に寒さの厳しい日などは体の芯から温まる猪鍋は最高だ。

「いやぁ～、あの時はさすがに肝を冷やしました。ロビンちゃんがいてくれて本当に助かったよ。改めてお礼を言わせてください。ありがとう」照彦が丁寧に謝辞を述べると、

「お陰でワタシも前科一犯になってシマイマシタ……」

憮然とした表情で照彦を見下ろしながら、ロビンちゃんは思い出したように言った。

「まったくアナタって人ハ、結局バニーちゃんモ、大己貴モ、助けられなかったじゃない。ナンデこんな人にワタシはご褒美の猪鍋をご馳走しなきゃならないのカシラ？」

「まぁまぁ、そんなに怒んないで、その代わりと言っちゃあなんだけど、今回はお礼とお詫びのしるしに『鮒味噌《ふなみそ》』⑹をお土産に持ってきたから、これで勘弁して！」

「あらソウ？　どれどれ、早速いただこうカシラ。ウ～ン、これは長時間煮込んだからしっかり味が染みて、しかも骨まで食べられる。ワタシ尾張の赤味噌ダイスキヨ。おや？　この鮒は子持ちね、ラッキー♡」

思わず顔を綻ばせて食べる澪さんを見て、照彦は、作戦はまんまと成功したとほく

そ笑んだ。

（ＡＩも食い物で釣れる？　笑）

「ところで今回はいよいよ『須勢理毘売《すせりびめ》』に会いに行こうと思っていますが、ロビンちゃんはどうします？　彼女の父親はあなたもよく知ってるあの『スーちゃん（素戔嗚尊《すさのおのみこと》）』だし、一緒に行けば彼も喜ぶと思うよ。それに噂によると大己貴は腕のいい料理人らしいからロビンちゃんとは趣味が合うと思うなぁ」

　前回といい、今回といい、ロビンちゃんの功績は計り知れないものがあり、照彦としては彼女が同行してくれればより心強いと思って、それとなく誘ってみた。すると、

「うーん、ドウシヨウかな……大己貴と料理対決はしてみたいケド、あの女好きには閉口するシ、会った途端に『ロビンちゅあ～～～ん♡』なんて言われたら鳥肌が立ちソウ。（ＡＩロボットなのに鳥肌？）それにスーちゃんの女装はもっとキモかったカラ……やはり今回はヤメトキマス」

「えー、そんなぁ、」

　期待外れの返答に落胆の表情を隠せない照彦だったが、過度に歴史に介入したくな

いというQの意図は分からなくもなかった。

「じゃ、今回は独りで行ってきます。たぶんこんどの舞台も日本海側だと思うので、帰りに美味しい海の幸をお土産に持ってくるから、楽しみに待っててね！」

そう言うと照彦は、例によってロビンちゃんのすぐ横にあるリクライニングチェアに横たわり、VRゴーグルを装着した。

久延毘古《くえびこ》

照彦は海の見える小高い丘陵地に立っていた。

あたりを見渡すと、ところどころに田畑らしき農地が点在していて、四方に害獣除けの案山子《かかし》が立てられている。そんな景色の変化に、照彦は弥生時代の到来を肌で感じずにはいられなかった。

「いよいよ我が国も稲作が行われるようになったか……さてここは島根なのか九州なのか？」

因幡の素兎事件のときにも感じたことだが、福岡県北部にはスサノヲの娘だと伝えられる宗像三姉妹の拠点の宗像大社があって、これまで島根県にあるとばかり思っていた、スサノヲが櫛稲田姫と共に住んだかもしれない須賀神社という名の社も宗像神社のすぐ近くにあったため、この場合も場所の特定は難しい。

もっともこの旅の目的は、我々日本人の遠いご先祖様が、その当時如何に考え、如何に感じ、その結果どう行動したか見てみたいってことだけだ。

照彦は自分に言い聞かせるようにブツブツ独り言を言いながらあたりを見回した。

この時の照彦の出で立ちは、Qが用意してくれた角髪スタイルの弥生人アバター姿で、なぜかお遍路さんが持ち歩くようなバッグを肩からぶら下げていた。

「どれどれ、何が入っているのかな？　また唐揚げ弁当だといいな……何じゃこりゃ？」

照彦がそのお遍路袋を開けると、ムヒ、正露丸、バンドエイド等が無造作に放り込まれていた。

きっと前回の事件での教訓からQが気を利かせてくれたのだろう。照彦が思わずホッコリしていると、カバンの奥底から一枚のメモが……。

『恋の病やスケベ心を治す薬はありませんので悪しからず！』

「……なァ、お前はどう思う？」

近くに話しかける相手もいないので、たまたま視界に入った野の案山子に照彦は声をかけた。

すると……。

「どう思うって、恋の病やスケベ心についてですか？」

突然案山子が口を開いた。

「ゲゲッツ、今喋ったのはお前か？」

「へえ、あっしですよ。あっしの名は『山田のソホド』またの名を『久延毘古《くえびこ》』といやす。確かにオオナムヂ君はスケベです。スケベで比類なき女好きですが、これにはそうならざるを得なかった深ーいわけもあるんです」

「へぇー、お前って結構物知りだな」

照彦は目を丸くして案山子の顔を覗き込んだ。

「へい、こう見えてもあっしはその大己貴君のダチ。だから彼のことは何でも知ってまっせ。ご覧の通りの一本足なので、あちらこちらへ出かけていって見聞を広めるわけにはまいりやせんが、その代わりここに一日中突っ立っていると、いろんな人が通りかかるんで、彼らの噂話をそれとなく聞いていたら、いつの間にか博識になっちまったんスよ。いててて」

「なるほど、ところでその足はどうしたんだい？　おやおや、虫に刺されて赤く腫れてるじゃないか。どれどれ……」

早々照彦はバッグの中をまさぐってムヒを取り出し、久延毘古の足に塗ってやった。

「ふ～、冷やっこくて気持ちいいべ。助かった、恩に着るよ。どうやらアンタは悪い人じゃなさそうだが、いったい何者？」

治療のお陰で心を許した様子の久延毘古を見て照彦は、今がチャンスとばかりに言った。

「え、私？　私は……名もなき医者で、以前ナムヂ……大己貴さんの火傷治療のお手伝いをした者です。その後彼が完治されたかどうか気になって、お見舞いを兼ねてお訪ねしてみようと出かけてきたのです。少ないですが薬も持参してまいりました。大己貴さんにはどこへ行けばお目にかかれますか？」

「ほう、あんたが彼を死の淵から救った功労者だったかね⁉　それはそれはありがとう」

　大己貴治療の真の功労者はロビンちゃんだったが、咄嗟の判断で口走った照彦だった。しかしこれは相当効果があったようだ。

　どうやら久延毘古は大己貴の信頼を受けた仲間、あるいは情報収集機関員だったのかもしれない。

「居場所を教えてもよいが、それにしても名無しの権兵衛というのはよろしくないな。特に大己貴君は、暗殺未遂事件以来、警戒心が強くなっているからな。得体のしれない男が会いたいと言っても、会ってくれるかどうか……」

久延毘古は両手を広げたまま（案山子なので腕組みができない）しばらく考えた結果、

「うーん、少ない薬を持ってきた名もなき小柄な男かぁ……ヨシ、『少名彦《スクナビコ》』にするべ！　もし彼から尋ねられたら口裏を合わせとくからそう名乗りナ！」

（本当に分かって言ってんのかね、このヒトは！）

「いや、せっかくのご提案ですがそれはやめときますわ。少名彦さんという肩書のお方は他に実在しておられますし、後に大己貴さんの片腕となる人ですから、どこかでバッティングしたらいけないので……。それよりスーちゃん（素戔嗚尊）という方とは面識がありますので、そちらへうかがえば、いずれ大己貴さんにもお会いできると思います」

「……そうかい、それならここからそう遠くないところにある『須賀』の地を訪ねるといいべ。確かあすこにオネエ風のへんてこな爺さんが住んでたはずや」

そう言って久延毘古は須賀への道順を丁寧に教えてくれた。

須勢理毘売《すせりびめ》と葦原色許男《あしはらしこお》

「ごめんくださーい。こちらは素戔嗚命様のお宅でしょうか？」

見覚えのある八重垣で囲まれた邸宅の玄関前で照彦は大声で叫んだ。

「はーい、ただいま！」

聞き覚えのある声と共に、相変わらず建て付けの悪い玄関の木戸をギギと押して現れたのは、四十歳前後の中年女性だった。

後ろで一束に結わえた黒髪のところどころには白いものが目立ち、体型も少し太られたようだが、照彦の前に現れたのはまぎれもなく櫛稲田姫（スーの正妻）その人だった。

「マァ、テルさんじゃないの、久しぶり！　オロチ事件以来かしら？　それにしても全然変わらないわね。羨ましいわ。私なんか、長男の八島士奴美《やしましぬみの》を産んでからというもの、すっかりオバサンになっちゃって。あ、ごめん、ささ、どうぞ中に入って！

あなたァ〜珍しい人が来てくれたわよー」

「あら、モンキーさん、お久しぶりね。何年ぶりかしら。ちっとも年取らないみたいだけど、何か秘訣でもあるの？」

　確かに時空を飛び越えてきた照彦は、以前スーに会った時とほとんど変わらぬ年齢だったが、それにしてもスーちゃんの容姿ときたら……青いロングドレスに厚化粧、長い金髪はオールバックにして黒いバンダナで止め、金のピアスと翡翠のネックレスがやたらと光り輝いていた。

「あ、相変わらずキョーレツなインパクト！　まるで美輪明宏⑦のそっくりさんですね？（汗）でもボク、モンキーじゃなくてテルフィです」相変わらずスーちゃんにだけはモンキー呼ばわりされる照彦だった。

　スーちゃんの話によると、オロチ退治以来やっとマイホームを構えることができた彼は、稲田姫との間にできた子供たちが成長したところで政務を譲り、今は音楽活動をしたり、民を集めてはスピリチュアルなセミナーを開いて生計を立てているとのことだった。

「あ、そうだ、最近作った曲があるのでテルさんも聞いて！」

スーはそう言うと、こちらの返事も聞かぬうちに歌いだした。

♪　父ちゃんのためなら エンヤコラ～　母ちゃんのためなら エンヤコラ～
もひとつおまけに エンヤコラ～今も聞こえる ヨイトマケの唄～　♪
（美輪明宏　『ヨイトマケの唄』より）

「どうかしら？　これは民たちが汗水垂らして国造りに励む姿に心を打たれて作った歌よ」

「ブラボー、素晴らしい曲です。感動しました！」

オロチ退治の時にもその片鱗を垣間見させてもらったが、確かにスーちゃんの音楽的才能はずば抜けている。照彦がほとほと感心していると、

「パパいるゥ～？」

　勢いよく部屋に飛び込んできたのは、年の頃は二十代半ばの、白装束に赤い袴を穿いた、これまたなかなかの美人で、一見巫女さん風の女性だった。

「あら、お客様だったの？　ごめんなさい。でもアタシちょっと急いでるの。お話ししてもよいかしら？」

　有無を言わせぬ勢いでその巫女はスーに言った。

「こらこら、客人の前なのだからもう少し大人しくしなさい。やれやれ我が娘ながら困ったちゃんね。あ、この子は娘のスセリ（須勢理毘売《すせりびめ》）。ほら、アナタもちゃんとご挨拶なさい、こちらはあちきのお友達で、名前はえーっと、モン……」

「テルフィです、初めまして。私はかまいませんので、どうぞ先にお話しください。」

　とりあえず照彦がそう言うと、スセリは、

「あらそう、じゃ言うわね。アタシ、パパに会ってもらいたい人がいるの。そこに連れてきているから今すぐ会ってくれるかしら？」と言って、父の許可を得る間もなく振り向きざまに、

「お待たせしました。どうぞこちらへお入りになって！」と、一人の男の入室を促した。

「来たッ！」

スセリに導かれて入ってきたのは、照彦の予想通り大己貴であった。

「ね、ね、聞いて、聞いて！　アタシこの人にプロポーズされちゃったの♡」

「初めまして、私の名は大己貴と言ってすぐ近くの小国を治めている者でございます。あのぅ、失礼ですが、スセリさんのお父様でいらっしゃいますか？　本日は息子さんの大屋彦様《おおやひこ》⑧のご紹介で参りました　突然ですがスセリさんを私にくださいッ」

何を間違えたか、大己貴は照彦に向かって深々と頭を下げた。

「ちゃうちゃう、スセリさんのお父様はこちらのお方ですよ！」

照彦が慌ててスーちゃんの方を指し示すと、そこには憮然とした表情で仁王立ちしているスーの姿があった。

「え？　し、失礼しました！　私はてっきりこちらの方がお父様かと……」

平謝りに謝る大己貴。無理もない、この美輪明宏もといスーちゃんのコスチュームを見たら、誰だって間違えるわと気の毒に思う照彦だった。

大己貴の試練

「……ったく失礼にも程があるわね！　それにアンタにお父さん呼ばわりされる覚えはないわ！　どこの馬の骨とも分からぬ男に、大事な娘をやれるわけないわよっ‼」

それは時代を越えてどこの家庭にもありがちな父親のリアクションだった。

「嫁にもらえなければ、入り婿でもいいですぅ」

執拗に食い下がる大己貴に、

「黙れ、小僧！　お前にスセリが守れるか！」と、スーの一喝。

「パパのバカ！　許してくれないんだったらアタシたち駆け落ちするからっ！」

あの素戔嗚命に逆脅しをかけるとは、なんちゅう気丈なムスメだ。見るに見かねた照彦は思わず間に入った。

「まあまあ二人とも落ち着いて。スーちゃんちょっとこちらへ」

そう言いながら照彦は半ば強引にスーの手を引いて部屋の片隅に行き、小声で話しかけた。

「私に良い考えがあります。ここはとりあえず彼らの結婚を認めるふりをして、その代わり結婚を許す条件としてクリアしそうもない無理難題を吹っ掛けるのです。そうすればあの男は諦めるか、うまくすれば死んじゃうかもしれません。でないとスセリさんは本当に駆け落ちしかねないですよ」

「だってぇ〜、あちきが苦労して築き上げたこの国を乗っ取ろうという奴の魂胆はミエミエじゃない？　その手は……えーっとなんだったっけ？」

「桑名の焼き蛤！」

「そう、ソレよ！　それにしても何よ、あのナヨナヨした風貌は！　大己貴なんてエラソーに名乗ってるけど、あんなのただの葦原《あしはら》チャラ男（色許男《しこお》）じゃない！」

「なるほど、ウマいこと言いますね」

ここで照彦が提案した難題は以下のようなものだった。

　Ａ：蛇や蜂のいる部屋に一晩寝かせる。もし失敗したら、

　Ｂ：平原に鏑矢を放ち、取って来いと言って野に火を放つ。

「うん、それなら奴は死ぬこと間違いなし！」

　照彦のプランを聞いてようやく納得したスーちゃんだった。

「そーいうわけで、これからあちきが出す難題を、このチャラ男がクリアできたら結婚を認めてあげようじゃないの。さてその課題は○○○○……」

　二人のいる部屋に戻ったスーちゃんは勝ち誇ったように不敵な笑みを浮かべて言った。

「えー、そんなのムリムリ！」

　目を見開いて悲痛な叫び声をあげるスセリに、照彦はそっと目配せして小さく頷いた。

「大丈夫、記紀歴史が保証してます！」

そんなやり取りを傍らで黙って聞いていた大己貴だったが、意を決するかの如く重い口を開いた。

「ボ、ボクやります。きっと乗り越えて、スセリさんをものにしてみせます」

スーの嫌がらせともとれる課題に、痩せ我慢百パーセントでそう言い放った大己貴だったが、決意とは裏腹に、その顔は今にも泣きそうだった。

課題の履行まではまだ時間があったので、照彦は大己貴とスセリを別室に呼んで入念な打ち合わせ会議に入った。まずは照彦から、全体の概要説明を行った。

「私は、『この課題は絶対クリアできませんから、彼（大己貴）は間違いなく死にます』と言ってスーちゃんを納得させました」

「えー、そんなんダメじゃん！」

大己貴とスセリはみるみる青ざめて、二人揃って両手で頬を押さえ、まるで「ムンクの『叫び』」（⑨）のような顔になった。

「大丈夫です。なぜなら私はこのお話の結末を知っているからです」

「は？　あなたは予言者でもあるまいし、一見ただのマグル⑽であるあなたが、なぜ結果を知ってるなんてことが言えるのよ。こう言っちゃなんだけど、プロの巫女であるアタシだって、時々亀甲占いを読み間違えることがあるのよ！　それにあなた、パパのことをスーちゃんなんて呼んで、とっても仲がいいみたいだけど、なんだかアヤシイわ。だから信用できない！」

スセリは胡散臭そうな目で照彦を睨んで言った。

「そりゃまァ、スーちゃんとは共に八岐のオロチを退治したり、キャンディーズの歌を歌って踊った仲だけど……。それを言うなら、本人は気を失っていたから知らないと思いますが、ナムヂさんが八十神たちの陰謀で焼け岩を当てられて瀕死の重傷を負った時、オペのアシストをしたのも私なんですよーだ（いけね、言っちゃった）」

「え？　あの時僕を助けてくれたのはアナタだったんですか？　僕のうっすらとした記憶では、助けてくれたのは男性ではなく、白衣の天使のような女性で、（ロビンちゃんだ！）それ以来時々夢にまで見るようになって、いわゆるひとめぼ……」

大己貴はそう言いかけた時、キッと眉を吊り上げたスセリの顔を横目に見て、慌てて続きを止めた。

「と、とにかくこの方なら信用して大丈夫そうです」

「ふーん、ま、いいいか。でもこれでアナタとパパのキモイ間柄がよーく分かったわ」

照彦は苦笑いしながら話を続けた。

「まずこの課題の重要ポイントは、それぞれの場面で、必ず助けを必要とすること。それは私とスセリさんで分担しましょう。失敗するとそれこそ命取りになりかねませんから、慎重に進めましょう。ではまず課題Aの対処法から……」

照彦が説明を始めようとすると、

「待って、大己貴さんの手助けになるならアタシにやらせて！」

スセリは巫女服の袖の中から三十センチほどの細い杖を取り出すと大己貴に差し出した。

「この杖はアタシたち巫女（魔女）だけが使うことを許された、魔法の杖で、火の鳥の羽から作られた超レアものだから大切に扱ってね。本来あなた方マグルが使ってはいけない代物だけど今回は特別よ！」

それこそ何やら怪しげではあったが、もしスセリが国の祭祀を司る巫女であるなら、多少の呪術の心得はあるのだろう。彼女が手助けをしてくれるなら、下手に照彦が手を出して、歴史を変えちゃったりしなくて済むから、かえって好都合であった。

「ではじめに呪文の唱え方から。呪文はその唱え方によって幾種類もの効果を発揮するから、言い間違えないように注意してね。最初は練習で簡単な呪文からいくわよ」

そう言うや否や、スセリはきりりと表情を変え、杖を照彦の方に向けた。

下から上へゆっくりと持ち上げるようにしながら、

「これは物体を浮遊させる呪文、ウインガーディアム・レビオーサ！」

次の瞬間照彦の体は軽々と浮き上がり、次にスセリが杖を勢いよく横に振ると、同様に照彦の体は横に飛んで壁にたたきつけられた。

「イテテ……」

痛がる照彦をよそに、スセリは杖を大己貴に手渡して言った。

「さあ、アナタもやってみて」

恐る恐る杖を受け取った大己貴は、手を震わせながら、壁にへばりついている照彦の方へゆっくりとそれを向けた。

「お願いだから、別のもので試して！」

照彦の悲痛な叫び声が部屋中にこだました。


「ウインガーディアム・レビオサー。あれ？　浮かないぞ？？？」

狙った花瓶がピクリとも動かないのを見て首を傾げながら大己貴は言った。

「ダメダメ、発音が違ってる。『レビオサー』じゃなくて『レビオーサ』！　言い間違えると効かないわよ」

呪文には他に、暗がりを照らす「ルーモス」や、切羽詰まった時に守護神を呼び出す「エクスペクト・パトローナム」なんていうものもあった。そして、後にこれらの呪文が本当に大己貴を助ける一役を担ったことを、この時の照彦はまだ知る由もなかった。

それにしてもこの下り……どこかで見たような……ひょっとしてこれも後世の映画

か何かに投影されていたような気がした照彦だった。

また、この時スセリが大己貴に与えた杖は、「記紀」では「蛇《おろち》の領巾《ひれ》（スカーフのようなもの）」とされていたようだ。


「モンキーさん、いる？」

三人が課題クリアのためのリハーサルをしているところへ訪ねて来たスーちゃんは、

「ちょっとこちらへ来てくれるかしら？　一緒に見てもらいたいものがあるんだけど」

と言って照彦を地下にある小さな洞窟へ案内した。岩盤をくりぬいて作られた小部屋には硬い鉄の扉が施され、小さな覗き窓と、下方に食事の出し入れ口が取り付けられていた。

覗き窓から中を覗くと、部屋の中央には、けっして寝心地が良いとは言えない小さなベッドが置かれ、部屋の隅には簡易トイレが備え付けられていた。いわゆる監獄仕様である。

「これくらい入れておけばいいかしら？」

スーちゃんが指し示した床に照彦が焦点を合わせると、床には幾種類もの蛇があたり一面にうごめいており、照彦の存在に気づいた一匹の蛇などは、「シャー」という声と共に鎌首をもたげて今にも照彦に飛び掛からんとしている。おまけに、空中には無数のスズメバチが飛び交っているではないか！　ハンパないスーの意気込みがひしひしと伝わってくる。

「す、少し多過ぎるような気もしますが……ま、いいでしょう、これくらいで」

映画『インディー・ジョーンズ』⑪のワンシーンを思い浮かべながら、「これは大変なことになったぞ」と背筋が凍り付いた照彦だった。

「うーん、参ったな。スセリ姫直伝の呪文が百パーセント効けばいいのだが、もし一つでも外れたら致命的だぞ！」

照彦は頭を抱えてしゃがみこんだ。と、その時どこからともなく照彦の脳に振動が伝わってきた。

「プルプルプル、テルフィさん聞こえマスカ？　ワタシQデスケド、オツカレサマデス。何か必要な物はアリマセンカ？」

なんというグッドタイミング！（てかまたこっそり盗み見してたな、ロビンちゃん！）

「あー、もしもしロビンちゃん？　せっかくバッグに入れてくれたムヒやマーキュロクロムだけどそれくらいではとても間に合いそうもない状況ですぅ。急で悪いけど、アブハチ退治用スプレー送ってくんない？　それと、もしコブラやハブやマムシの毒の血清みたいなものがあったら、それもお願いします！」

「お任せクダサイ、では早速送りますネ。ついでに彼が退治した蛇や蜂で精力酒作りたいので、併せて焼酎ボトルも入れておきますから、できたら何匹か捕まえてお持ち帰りクダサイマセ。ヨロ～」

なんというノー天気なＡＩだろう。仕方がないので照彦はそれらの品々を鉄扉の食事出し入れ口からそっと差し入れておいた。

だがお陰で大己貴は初日の難題をなんとかクリアすることができたみたいだ。

ただ、その晩はずっと「ルーモス！」「レビオーサ！」が繰り返し洞窟に響き渡っていたため、照彦は朝まで一睡もできなかった。

「あらまあ、よく生きて出てこられたわね。それでは続いて『プランB』よ！」

翌朝無事生還した大己貴を見て、意外そうな表情を見せながらも、スーちゃんは休む暇を与えることなく、女房の櫛稲田姫に鏑矢を持ってこさせると、おもむろに草原に向けてそれを放って言った。

「チャラ男よ、次はあれを取っておいで。もし一日経っても見つけられなかった時は、その時点でゲームオーバーよん」

この時、スーちゃんにケツをひっぱたかれるようにして送り出された大己貴の後ろ姿を、気丈ながらも目を潤ませて心配そうに見送るスセリ姫が、照彦はなんともいじらしく思えた。


「えーと、確かこのあたりだと思ったんだが……」

一見平原に見えた大地は予想以上に凸凹していて、小岩も多く、少しでも油断すると、躓いて転んでしまう。そのうえ柔らかそうに見える枯れ草の茎は固く、大己貴はみるみるうちに全身擦り傷だらけになった。

「やれやれ、ある時は焼け石をぶつけられたり、またある時は木の割れ目に挟み込まれ、なんでいつもボクばっかりこんな目に遭わされなきゃならないんだろう」

大己貴はブツブツぼやきながら、照彦からもらった消毒液とバンドエイドで応急処置をしていたが、こんどはどこからともなく焦げ臭いにおいがしてきたと思ったら、あっという間に周囲一面が火に包まれた。

初春の風に煽られた火は、思いのほか勢いが強く、まもなく逃げ場を失った大己貴はとうとう観念して呟いた。

「いよいよボクも命運が尽きたか。せめて手元に『草薙の剣』⑫でもあればよかったのに……」

大己貴が恨めし気に腰に手をやると、腰紐には枯草を薙ぎ払う剣ではなく、一本の貧弱な杖だけがぶら下がっていた。

「ああ、これはスセリちゃんが僕にくれた魔法の杖。よもやこの杖が僕の形見になろうとは。ん？　そうだ、切羽詰まった時はこの杖を使えと彼女が言ってたな。確か呪文は……」

「エクスペクト・パトローナム！」

するとどこからともなく一匹のネズミが現れて大己貴に言った。

「外はすぶすぶ、内はほらほら」

「は？　何それ？」

大己貴は首を傾げたが、ネズミが導くままに小さな巣穴にもぐっていくと、土中は広い空洞になっていて、そこは人間でも充分に居住できるほどの空間だった。

「なるほど、そういうことか」

こうして大己貴は、外の火災が下火になるまで洞穴に滞在し、頃合いを見計らって草原に立ち戻った。

「しかし困ったな、この様子じゃきっと鏑矢は燃えてしまったに違いない」

大己貴が途方に暮れていると、ネズミが寄ってきて言った。

「ダイジョウブ、ちゃんとここにありまチュー♡」

どうやらスーの放った矢が地に突き刺さってまもなく、ネズミはそれを見つけて回収してくれていたらしい。

こうして大己貴はネズミの機転によってちゃんと確保されていた鏑矢を持って、スセリのもとへ凱旋することができた。

栄光への大脱走

「え？　またも無事だったの？」

信じられないという表情で、スーは大己貴の顔をまじまじと見つめた。

体中バンドエイドだらけではあったが、大したケガも火傷もしていない大己貴の胸に飛び込んだスセリは涙ぐみながら言った。

「よくぞご無事でお帰りくださいました！　スセリは嬉しゅうございます」

「うん、君が教えてくれた呪文を唱えたら、ネズミが出てきて助けてくれたよ」

「そうなの？　きっとそのネズミはアナタの守護霊様ね」（ちなみに、ハリー・ポッターの守護霊は牡鹿）

「えーい、そんなことはどうでもよいわよ、アンタたち、これで済んだと思ったら大間違いよ！　引き続き『プランC』行くわよん」

「え？　課題はBまでじゃなかったんですか？」

慌てて照彦が聞き返すと、スーちゃんは苦虫を嚙み潰したような顔で言った。

「だってこのまま、みすみす国を取られてしまうのは悔しいじゃない？　この際悔し紛れにあのチャラ男にも苦虫を嚙み潰させてやるわ」

そしてスーちゃんは大己貴を居間に通すと、

「ご苦労さんだったわね、一応課題はクリアしたみたいだから、二人の結婚を認める……と言いたいところだけど、あと一つだけ、あちきに親孝行のしるしを見せておくれ」

と言って背もたれの高い籐椅子にゆったりと腰を下ろした。

「最近はおっくうでシャンプーをさぼっていたら、なんだか頭が痒いの。ひょっとしたら虱がわいているかもしれないから、ちょっと見てくれる？」

頭に虱がわくって、いったいどんだけ不潔なんじゃい⁉

大己貴が気味悪そうに指先でそっとスーの頭の剛毛をかき分けると、そこには虱どころか、無数の百足《むかで》がうごめいていた。

いかん、このままだと大己貴君はムカデの毒でやられてしまう。しかし、果たしてスーちゃんの地肌にアブハチスプレーを直接振りかけてもよいものだろうか？？？

照彦が思い悩んでいると、

「アタシに任せて！　ナムヂさん、ちょっとこちらへ来て！」

スセリ姫はそう言うと、椋《むく》の木の実と赤土を持ってきて、柱の陰でそっと大己貴に渡した。

「これを口に含んで、唾と共に吐き出せば、パパは百足を嚙み砕いて吐き出しているものと、勘違いするに違いないわ」

大己貴がスセリ姫に言われた通りにすると、スーちゃんはそれで安心したのか、昨夜から聞き耳を立てっぱなしで一睡もできていなかったことも手伝って、いつの間にかすやすやと寝入ってしまった。そしてその静かな寝息が轟音に移行したタイミングで、照彦は二人に合図を送った。

「今です、今のうちに二人で逃げなさい！　先ほどまでのスーちゃんの様子からすると、彼は二人の結婚をけっして許すつもりはないようです。運よく難問をクリアしたとしても、すかさずプランD～E～Fと、次から次へと言いがかりをつけてくるに決まっています。こういう時は逃げるがイチバン」

「分かりました。よし、スセリちゃん、行こう！」

大己貴がやにわにスセリの手を取って駆け出そうとすると、その手を振り払うようにしてスセリ姫は言った。

「ちょっと待って。もし逃げる途中でパパの目が覚めたらどうするの？　破壊神の異名を持つパパのキレ方はハンパないわよ。もし巨大化して追ってこられたら、すぐに捕まっちゃうわよ」

「そうなったらまた『レビオサー』だ」大己貴がどや顔で答えると、

「違う、『レビオーサ！』……ってそんなこと言ってる場合じゃないから。そんな呪文なんかパパの火炎放射で杖もろとも吹き飛ばされちゃうわ」

「じゃあどうすればいいんだ？」

こんなやり取りが続いた後、スセリ姫は名案を思いついたと言わんばかりに目を輝かせて言った。

「いい、これから私の言う通りにして！　これから二人で、寝てるパパの髪の毛を数本ずつ束ねて、部屋の垂木ごとに結わえ付けるのよ。それで少しは時間を稼げるわ」

半刻ほど黙ってそれを見ていた照彦だったが、

「やれやれ、手間なことを……そんなくらいなら例の『八塩折の酒』でも飲ませて酔い潰れてる間にとっとと逃げた方が手っ取り早いし、実績もあるのに」とため息をつくしかなかった。

こうしてひととおりの準備が終わるや否や、大己貴はひょいとスセリ姫を背負うと、スサ家の秘宝である「生太刀」「生弓矢」「天詔琴」を抱えて外に飛び出した。（急いでる割にはこういうところは抜かりがない）
しかし今回はその抜かりのなさが仇となった。

こともあろうに、二人が外に飛び出て走り出した途端、玄関横に生えていた樹の枝に天詔琴の弦が触れてしまったのだ。

「ビィーーーーン」

地響きを伴う轟音に、さすがのスーも薄目を開けて、むっくりと起き上がった。

「ウルサイわねエ〜、あら、あちきっていつの間に寝ちゃったのかしら？　あ、コラー、あんたたちどこへ行くのよ⁉」

スーちゃんが寝ぼけ眼を擦って見ると、そこには一目散に遠ざかっていく二人の姿があった。

「おのれ、逃がすものかい！」

すぐさま後を追おうとしたスーちゃんだったが、

「イテテテ、な、なんじゃこりゃ？」

髪の毛が垂木に引っかかって、身動きが取れない。

「モンキーさん、コレ外すの手伝って！」

照彦は「はいはい」と言って一本一本髪の毛を外し始めたが、わざと手間取るふりをした。

そしてようやく解き終わった頃には、二人ははるか遠くに走り去っていたが、スーは諦めるどころか、猛スピードでその後を追った。続いて照彦も後を追う。

しかし、こんどはもう失敗しない。以前の八岐のオロチ退治で学習した通り、この世界に時空は存在しないと知った照彦は、実体は松代にある研究所のリクライニングチェアに寝そべったままVRゴーグルのサイドのボタンをポチッと押して、スーのもとに瞬間移動していた。

スーちゃんは、彼の支配する国境、すなわちクエビコがいる所まで来て立ち止まった。

それはあともう少しで大己貴とスセリ姫に追いつく場所だったが、これ以上追えば他国侵入になるため、スーは諦めざるを得なかったのだ。

「もういいわ、そこは他国だ。二人とも戻っておいで。残念ね。あちきがもうあと二、三十年若かったらきっと追いつけたと思うのに、年は取りたくないものね」

スーのその一言で立ち止まって振り向いた大己貴とスセリ姫は、ほっと安堵の表情を見せながら、スーに言った。

「ほんと？　じゃぁアタシたちの結婚は許してもらえるの？　パパ大好きよ♡」

娘の嬉しそうな笑顔を見るにつれ、いつしか怒りも消え失せたスーは大己貴に向かって言った。

「チャラ男さん、あちきの負けよ。おまけに我が家の三種の神器ともいうべき秘宝『生太刀』『生弓矢』『天詔琴』を奪われた日にゃ、もはやあちきは王の資格を失ったも同然。この国をスセリとアンタに譲るわ。その代わり、ちゃんとこの国を治めなきゃだめよ！　手始めにその生太刀と生弓矢を持って、君をいじめた八十神の諸兄たちを坂の御尾に追い詰め、河の瀬に追い払って国土を拡大しなさい。そしてそれらが達成された暁には、堂々と『大国主』でも『宇都志国魂《うつしくにたま》』でも好きに名乗るがよいわ」

吐き捨てるようにスーは言った。

「さっ、モンキーさん行きましょ。こうなったらあとは酒でも飲むしかないわん」

それから須賀の館へ戻った照彦とスーの二人は、大いに飲んだ。今回はオロチ退治の時のような緊張感もないし、国をまとめていかなければならぬという使命感からも解放されたためか、スーちゃんは上機嫌で、今までにない旨い酒が飲めたようだった。

ふと部屋の隅に目をやると、そこには数本の焼酎ボトルが丁寧に並べられていて、ボトルの中には蜂や百足、マムシやハブなどの生々しい姿が透けて見えた。

「へー、あんな状況でも、大己貴君はちゃーんと仕事してくれてたんだ」

照彦は半ば呆きれながらも、そこに大己貴の真面目で律儀な性格を垣間見たような気がした。

「ん、それはなあに？　お酒なら飲んじゃいましょ！」

照彦の肩越しに焼酎ボトルを見つけたスーちゃんはしきりに飲みたがったが、

「あ、いや、この酒は精が強過ぎて、シニアには心臓に悪いからやめておきましょう。これは、今夜から子作りに励む若い二人のために取っておいてあげましょうよ。それよりスーちゃん、何か歌ってください！」

こう言って照彦はスーの気をそらせ、リクエストした締めの曲は、やはりスーの弾き語りで、オロチたちとの宴席でも歌われた『ビンクスの酒』だった。

―♫～どーせ誰でも　いつかはホネよ～果てなし　あてなし　笑い話～♫―

最後の詞を歌い終わるか終わらないうちに、スーは再び寝息を立て始めた。

初春のイズモはまだ肌寒い。しかしその寒さもいつまでも続かない。まもなく残雪の下からフキノトウや土筆が芽吹いてくるだろう、そんな春の気配を感じながらも、照彦は近くにあった葦の葉で編んだ蓑をスーちゃんにそっとかけてやった。

「スーちゃん、風邪ひくなよ。また会いに来ますね」

しかし次に、照彦がスーと出会うのは思いもよらぬ場面だった。

【解説3】

①角髪《みずら》は、日本の上古における弥生人（特に若者）の髪型。

②八十神は「たくさんの神」という意味で、「記紀」では大国主大神の兄たちの総称だが、当時はスサノヲの勢力の届かない出雲地方の豪族をを八十神と呼んでいたようだ。

③鯉コクとは、輪切りにした鯉を、味噌汁で煮た料理で主に長野県で作られている。
④照彦が語るここでのグランドラインとは、漫画『ONE PIECE』で「偉大なる航路」と呼ばれ、海賊たちが横行する海域のこと。
⑤エジプトの女王であったクレオパトラは、鼻筋の通った絶世の美女で、ローマ帝国のシーザーやアントニウスらがその美貌に翻弄され続けた結果、とうとうローマ帝国は滅んだという言い伝えがある。
⑥鮒味噌は、フナと大豆を赤味噌を使って煮込む料理で、愛知県尾張地域や岐阜県美濃地域などで作られている。
⑦美輪明宏は、一九三五年長崎県生まれの歌手。俳優・演出家・タレント・声優・コメンテーター・ナレーターとしても活動している。
⑧大屋彦は、「記紀」ではイザナギ、イザナミの国生みで生まれたとされているが、一書ではスサノヲの子「五十猛」とも。大己貴が八十神の計略で木俣に挟まれた時助けた神と言われている。
⑨エドヴァルド・ムンクは、ノルウェー出身の画家。『叫び』の作者としてノルウェー

では国民的な画家である。

⑩マグルとは、『ハリー・ポッター』シリーズに出てくる用語で、魔法を使える能力を持たない人を指す。

⑪『インディー・ジョーンズ』は、ジョージ・ルーカス製作、スティーヴン・スピルバーグ監督、ハリソン・フォード主演の冒険映画で、劇中やたらと蛇、ネズミ、毒虫に纏わりつかれるシーンが多い。

⑫草薙の剣は、スサノヲが八岐のオロチを退治した時にオロチの尾から取り出した宝剣。天照大神に献上された後、第十四代景行天皇の時代に、皇子のヤマトタケルが野火に囲まれた時、その剣で草を薙ぎ払って難を逃れたとある。（天叢雲剣ともいう）

奴《ぬ》奈《な》川《がわ》姫《ひめ》（八《や》千《ち》矛《ほこ》の妻問い）

『八千矛（①）の　神の命は八島国　妻を求めて　遠々し　高志の國に

賢《さか》し女をありと聞こして　久《く》波《ば》志《し》賣《め》（麗しい女）をありと聞こして

さ夜這いに　あり立たし～♪　』

「キーッ、ウルサイわねぇ～、もうあったまきた！　いったい誰よ、こんな夜更けに。ちょっと誰か行って追っ払ってきてよ！」

朧月夜の淡い光の中で、心地よい眠りにつかんとしていた奴奈川姫は、目をこすりながら垣根の外を指さして金切り声を上げた。

「はっ、ただいま！」

まもなく数名の衛兵たちがバタバタと戸外へ出ていくと、姫の寝所のすぐ横の板戸を押したり揺すったりしながら、男がしきりに恋歌らしきものを歌っていた。

『青山に鵺《ぬえ》（②）は鳴きぬ　さ野つ鳥　雉子《きじ》は響《とよ》む　庭つ鳥　鶏《かけ》は鳴く～♪』

（※うるさい鳥め　この鳥たちも黙らせてしまえ～）

「馬鹿たれが、ウルサイのは鳥じゃなくてお前だ！　姫様の安眠妨害だからさっさと立ち去れ！」

衛兵たちの忠告をよそに、なおも歌い続けようとする男に、衛兵たちはブチ切れて、とうとう男をボコボコにしてしまった。

その光景を、近くの垣根の陰からじっと息をひそめて観察していた照彦は、衛兵たちが引き上げるのを待って、男の方に駆け寄った。月明かりに照らし出された男の顔は、以前スサ邸で会った何代か前の大名持《おおなもち》（大己貴）ほどのイケメンではなかったが、どことなく憎めないその風貌は、なんともひょうきんな顔立ちだった。ただ、今はボコボコにされた直後で、無残に腫れあがってしまって、とても見るに堪えない顔になってはいたが……。

「あーあ、こんなにされちゃって……これじゃ腫れが引くまで姫を口説くことは無理だね。ていうか、それ以前に、あんなヘタクソな歌じゃ女心を揺さぶることはできませんよ」

「ぶ、無礼な！　こう見えても一晩寝ずに考えた恋歌なのに……お主はいったい誰だ？」

よれよれにされながらも、男は精一杯の虚勢を張って照彦に食ってかかった。

「これは失礼しました、私の名はモンキー・D・テルフィ。面倒くさいから『テル』と呼んでください。あなたはたぶん第八代大名持（大己貴）、またの名『八千矛』さんでしょう？」

「う、そうだけど、なんでそこまで知ってる？」

「はいー、私はなんでも知ってます。たとえば、今夜あなたが口説こうとしておられた方は奴奈川姫さんですね？　でもイイですなあ〜、アナタは大勢の嫁さんを持てて。オトコとして羨ましい限りです」

照彦が本心とも冗談ともとれぬ言葉をかけると、八千矛は眉をひそめてすぐさま切り返してきた。

「端から見るといいように思えるかもしれないけど、これで結構大変なのヨ。今みたく、なまじ中途半端に権力と経済力を持ってしまうと、それを維持するために、やれ領土を拡張せよだの、金儲けしてこいだのと、周りがウルサイ、うるさい。おまけに先代、先々代（③）がそこそこ頑張っちゃったもんだから、このたび長年の目標だった『大国主』の称号までいただいて、もうスゲープレッシャーなのヨ」

「ナルホド見た感じ大変そうだ……」

　照彦はパンパンに腫れあがった八千矛の顔を改めて覗き込んで、なんだか少し気の毒になった。

「それで、姫川（④）で採れる翡翠《ひすい》（⑤）の貿易を狙って、この地の姫君を口説きに来たってわけだ」

「はぁー、疲れるなァもう……」

　八千矛は思い直したように懐からメモ用紙を取り出すと、ブツブツ言いながら何かを書き始めた。どうやら恋文を書き直しているようだったが、照彦が覗き見る限り、それは相変わらずひどいものだった。

「ダメですよ、そんな『わかって下さい』的な女々しい文面じゃ。あなたの先祖の義父にあたるスーちゃんなんか、もっと情熱的な、乙女心にストレートに突き刺さる表現をされてましたよ。しかも素晴らしい楽曲付きで！」

「んなこと言われたってワシ、そんな才能ないもん！」

　メモ用紙を放り投げてイジける八千矛を見て、気の毒に思った照彦は意を決して言った。

「ではこうしましょう。お顔の腫れが引くまでの間に、私が猛特訓します。といっても、私自身も大した才能など持ち合わせていませんので、この際だから、以前私がスーちゃんの歌を書き留めて歌集にまとめたものがありますから、その中から抜粋してパクっちゃいましょう」

そう言って照彦はポケットの中から小さな冊子を取り出し、ぱらぱらとめくり始めた。

「うーん、どれがいいかなぁ〜、『ヨイトマケの唄』じゃロマンチックじゃないし、『ビンクスの酒』ってイメージもイマイチだ……うん、これがいいかも」

そう言って照彦が八千矛のために選んだ歌は……『I LOVE YOU』（⑥）

―♫　I LOVE YOU〜今だけは悲しい歌聞きたくないよ〜

……………………

きしむベッドの上で 優しさを持ちより　きつく躰 抱きしめあえば〜

それからまた二人は目を閉じるよ　悲しい歌に愛がしらけてしまわぬ様に～♫
（by尾崎豊）

アバターで持ち込んだギターを片手に、ご近所迷惑にならぬよう、人気のない姫川のほとりに佇んで……満月を真っ二つに引き裂くほどの二人の歌声は朝まで響き渡った。

二人を見下ろす木の上には不思議そうに首を傾げた鵺《ぬえ》だけが、飄々とした顔で二人に付き合って「ヒョウヒョウ」と鳴き続けていた。

翌朝。八千矛は、姫川の水で顔を洗うと、河原で緑色の翡翠を見つけた。

「おお、これは幸先が良いぞ！　これで間違いなく今日は姫をゲットできるに違いない」

そんなゲン担ぎなど気休めに過ぎないと照彦は思ったが、それほど八千矛には自信がなかったのだろう。なんだか少し哀れな気もした。

翌々朝。奴奈川姫の部屋に隣接した木戸を開けて出てきた八千矛は、いくぶん顔の腫れは引いたものの、代わりに真っ赤に目を腫らし、フラフラと足元がおぼつかない様子だった。しかし、反面その表情はかつてないほど晴れ晴れとしていた。

この調子だと、どうやら昨夜はうまくいったようだなと悟った照彦がそっと背を向けて帰ろうとすると、

「おお、そこにいるのはテル殿ではないか？　お陰で昨夜はバッチリだったぞ♡」

照彦は、そんなことあえて言わなくても、顔見りゃ分かるわと言いたかったが、

「そりゃどーもようござんしたね。これで国へ戻っても副王の少名彦さんに笑われずに済みますね、よかったヨカッタ。ただあなたはこれからまだまだ大勢の后を求めていかなければいけない境遇にあるみたいですから頑張ってね。あ、よかったらコレまた使ってください」

そう言って照彦はポケットをまさぐって、赤い表紙の『スサノヲ歌集』を取り出し、八千矛に手渡した。

「やったー、これがあれば百人力！」

無邪気にはしゃぐ八千矛とは反対に、なぜか照彦の表情は暗かった。

やがて八千矛は奴奈川姫との間に建御名方《たけみなかた》（⑦）を授かり、出雲大国は大いに栄えることになるのだが、しかし出雲歴史の結末を知る照彦にとっては、手放しで喜べないものがあった。


【解説4】
①八千矛とは、大国主の別名と言われているが、大国主は今でいう「総理大臣」や「首相」といった意味で、職名であり、代々引き継がれる尊称である。「大名持（＝大己貴）」しかり。また、当時は血縁者の世襲であったようだ。したがって、本名やニックネームはそれぞれ別に「葦原色許男（醜男）」「臣津野《おみづぬ》」「天冬衣《あめのふゆぎぬ》」「八千矛」等、様々あるが、すべて同一人物ではなさそうだ。さらにこれらの呼称はヤマト側と出雲国側でも異なり、「大国主」は出雲国では「大名持」と呼ばれていた。（なお、八千矛は八代目大名持）
②鵺は、トラツグミの仲間で、主に夜に鳴くためこの文字で表される。「ヒョウヒョウ」

という鳴き声が大変に気味の悪い声といわれた。

③八千矛の先代は、「天冬衣」。先々代は「臣津野（淤美豆奴）」。彼らの代で出雲国は大いに拡張されたといわれる。

④姫川は、長野県北安曇郡及び新潟県糸魚川市を流れ日本海に注ぐ河川で、翡翠の産地とされる。

⑤糸魚川で産出される翡翠は、約七千年前の縄文時代前期後葉までさかのぼり、三種の神器の一つである「八尺瓊勾玉（やさかにのまがたま）」は糸魚川の翡翠でできているといわれている。

⑥『I LOVE YOU』は、日本のシンガーソングライター尾崎豊（一九六五年－一九九二年）の楽曲で今でもよくカラオケで歌われている。

⑦建御名方は、後の「出雲の国譲り」に登場する、大国主と奴奈川姫の子の子。武人。

稲佐の浜

「いやぁ〜今年の夏は、ぼっこー暑《あっ》つーて、せつかったけんど、やーやこ、ちょっこし　涼しげになって助かるだが」

「んだ。だけんど、日照りが続いたけん、作物がとれんで、がいに　せついで！」

海岸線に沿って歩く農夫たちの世間話を黙って聞いていた照彦は、遠ざかる彼らの後ろ姿を見送ると、振り向きざまに尋ねた。

「ねぇロビンちゃん、今の会話の意味分かった？　ここってホントに日本かいな？」

「ええ、要約すると、『今年の夏はトテモ暑くてつらかったケド、ようやく少し涼しくなって助かるネ。だけど日照り続きで作物に影響が出て大変ダヨネ……』って感じカシラ。それよりお腹空かない？　オニギリ握ったから今のうちに食べませんカ？　具はご当地名産の宍道湖のシジミの佃煮ヨ！」

「おおっ、さすがロビンちゃん、相変わらず気が利いてるね。ありがとう」

するとすかさずロビンちゃんは、

「お礼を言うなら、『ありがとう』じゃなくて『だんだん』デスヨ！」


目の前に広がる海はキメの細かい黄土色の砂浜で、その日は風も穏やかで、水平線がくっきりと見える。まもなく神在月《かみありづき》（旧暦の十月）を迎える秋晴れの空に、照彦は完全にピクニック気分になっていた。


「それにしても気味の悪いくらい静かだなあ〜、こういうのを嵐の前の静……」

照彦が言い終わらないうちに、ロビンちゃんの表情がみるみる険しくなった。

彼女の視線の先を目で追うと、いつの間にか遠い水平線の向こうから、一つ、また一つと白く大きな帆を張った船影が現れた。しかもそれは瞬く間に数を増やし、トータルで数百隻の大船団となってこちらに向かって来るではないか。

そして、それに呼応するかのように、陸側からは、鎧に身を固め、手に矛を持つ者、弓矢をわきに抱えた者など、数千もの兵士たちが、まるでどこからともなく湧き出た虫の群れのように、ぞろぞろと這い出して来た。

この光景を目の当たりにした照彦とロビンは、絶句して目を見張った。

「うわ、なんというおびただしい数の軍隊だ！」

「いよいよ始まるわネ、『出雲の国譲り』が！」

二人は、全体を見渡すことのできるやや小高い丘の上に移動して、そっと木陰に身を隠した
「いやー、今回はロビンちゃんがついて来てくれたので心強い。でなきゃこの光景に足がすくんで腰を抜かすところだった」

「そうだろうと思ったワ。でもワタシが来た目的は、もっと別なところにあるのヨ。それは……」

ロビンちゃんによれば、今までの照彦はともすれば大己貴に肩入れし過ぎるきらいがあり、だからといってまたヘタに手を出すと、この国の歴史を大きく変えてしまう恐れがあるから、監視役として来たということらしかった。

「だって、今回のテルフィさんときたら、ほら『宇宙戦艦ヤマト』（①）や『沈黙の艦隊』の原潜ヤマト（シーバット）（②）のようなアバターはないかとか言ッテ、妙に気合いが入ってたカラ。挙句の果てに『ゴムゴムの実』（③）を食べたいと言い出す始末だったカラ、これはよもや、アマ軍と出雲軍の間に立って仲裁をするつもりかもしれないと心配になっちゃったんデス」

倭国の船団はその用途によって三種類あった。大型船は帆船で三角形の帆の形があたかもサメ（鰐）の背びれのような形状をしていたことから「ワニ船」（④）と呼ばれ、スピードも速く、今でいう巡洋艦のような船だ。次に陸戦の兵士を運ぶ櫂漕ぎ船を「亀船」、その小型船を「鴨船」といった。

これを見ただけでもアマ族（⑤）の軍勢は、安曇《あずみ》族、宗像《むなかた》族、鰐《わに》族等の海神族を傘下に組み入れていたことが分かった。そして船団の中央には、周りの艦隊をまとめるようにして、ひときわ大きな戦艦が浮かんでいる。

たぶんあの戦艦が旗艦「天鳥船」（⑥）なのだろうと照彦は思った。

アマ族の使者は旗艦から「鴨船」に乗り変えて着岸した。船には数名の近衛兵を引き連れた海軍大将らしき人物が乗っていた。少人数で来るということは、初めから戦いが目的ではないようだった。

一方、出雲の総大将である八千矛（役職名「大名持《おおなもち》」または大国主）は、海岸に近い所にあった屏風岩を背に陣を敷いて待ち構えていた。

「吾はアマ族の長である天照大神様の命を受けて参った全権大使で、『武甕槌《たけみかづち》』⑦またの名を『青雉《あおきじ》』⑧と申す海軍大将である。出雲の総大将『大国主殿』にお目通り願いたい」

そう言って青雉（武甕槌）は、背中に帯びた柄の長さが握りこぶしを十も連ねたほどもある長剣（十握剣《とつかのつるぎ》）をいきなり抜き放って波頭に逆さに突き立てたかと思うと、やにわに切っ先の上に胡坐をかいて座った。

「あら、あの人って……」

突然驚いたように口を開いたロビンちゃんを振り返った照彦は、いつもの冷静さを欠いたロビンの、明らかに動揺した様子に違和感を覚えた。よく見ると全身が微かに震えている。

「ん？　あの海軍大将がどうかしたの？　ひょっとして知ってる人？」

訝し気な表情で照彦が尋ねると、

「ううん、なんでもないワ」

彼から目をそらすようにしてロビンちゃんはうつむいたまま、黙ってしまった。

「このたび俺がこうしてはるばるこの出雲まで出向いて参ったのは、折り入って大己貴殿に相談したいことがあってのことじゃ。いや、『相談』というよりも『お願い』かな？」

穏やかな口調で青雉は話し始めた。

この時の大国主は、先に越の国の奴奈川姫《ぬながわひめ》を娶った第八代大名持の八千矛《やちほこ》であった。

「お願いという割にはその威圧的な態度はなんだ？」

そう言いたいのを八千矛はグッとこらえて言った。

「なんだか今日は少し肌寒いですな」

小刻みに震える大国主の顔面は蒼白で、着物の袖から露出している腕の部分は、明らかに鳥肌が立っていた。

もとより気の小さなオトコだということは、前回の奴奈川事件の時に分かっていたので、ひょっとしたら彼は今頃恐怖のあまり失禁してるかもしれない。

他人事ながら気の毒に思う照彦だった。

出雲の国譲り

武甕槌「そーゆーわけで、ちょっごし相談があるのですが」
八千矛「はいはい何でしょうか?」
武甕槌「この国の統治をビッグ・マム（⑨）もとい、天照様に譲って欲しい」
八千矛「なんでやねん?」
こんな調子で始まった、まるで漫才の出だししょうなアマ族と出雲族の交渉会談だった。

「今の世界情勢を鑑みるに、海の向こうの隣国では、春秋戦国時代（⑩）が終わり、『秦』（⑪）という大国の一国集中支配が始まっている。このように他国の脅威がなくなった後に君主の考えることはただ一つ！　帝国のさらなる拡大路線に他ならない。そして既にその兆候は見え始めているのだ」

眼前に広がる日本海の彼方に憂いの目を向けながら、青雉（武甕槌）は訥々と語り始めた。

「国家統一を終えた秦国は、まず匈奴侵入に備えて『万里の長城』（⑫）を完成させ、背後の脅威を取り除いた。そうなると次に狙うのは、いくら海で隔てられているとはいえ、間違いなく我が国だ。そうなった時、残念ながら今のままの我が国の状態では、いくら同盟を組んで立ち向かったところで、戦力的に到底敵わない。聞くところによると、秦はそれまでの封建制度から強力な中央集権国家へと変貌を遂げたらしい。我が国もそれに倣い、律法を整え、軍備を再編成して外敵の侵入に備えることが急務なのだ。そのためには、この国の全権をビッグ・マムもとい、天照様に委ねてもらえぬだろうか？　イヤ（否《いな》）か？　それとも納得（然《さ》）して補佐に回ってくれるか？　今この場でご返答いただきたい！」

気迫のこもった青雉（武甕槌）の申し出に、

「ウ～ン……」

しばらく考え込んでいた八千矛だったが、意を決して重い口を開いた。

「分かった、この国の政《まつりごと》ををリンリンばあさんに委ねることにしよう。葦原中津国は彼女の『しろしめす』国という意味は理解した。⒀ただ……いくつか条件を出してもいいか？」

「おおっ、貴殿は天照様をリンリンと呼べるほど親しい間柄であったか！　よしっ、それなら話が早い。条件があるなら何なりと申してみよ」

表情の緩んだ青雉に、八千矛はすかさずたたみかけた。

「まず一つは、我が一族の祖先神である『岐大神《くなとのおおかみ》』と『幸の神《さい》』⒁『猿田彦大神』⒂を引き続き祀ることを認めて欲しい。そして次の条件とは、貴殿も知っておろうが、この出雲の国は、大名持であるオイラと、副王少名彦《すくなびこ》（大名持の代行をする場合は『事代主《ことしろぬし》』）⑯の二頭体制で運営しているので、オイラだけで決断するわけにはいかぬ故、副王の了解も得てもらえぬか？　そしてもう一人、貴殿と同格の我が国の大将軍である建御名方《たけみなかた》⑰も説得して欲しい。さすれば他の臣《おみ》や将軍たちも異論はないと思う。それから最後にもう一つだけ……もし可能ならば、オイラの顔を立てて、大きな神殿を建てることを許してもらえまいか？　それで、オイラがリンリンばあさんに一方的に屈したわけではない『言い訳』もとい『証拠』となり、我が国民も納得すると思う」

ボソボソと申し訳なさそうに伝える八千矛に、

「委細承知！　もとよりこれは侵略による植民地政策ではないので、貴国の信仰まで奪おうとは思っていない。貴殿の今までの内政手腕にはリスペクトできる点も多いし、今後の戦略的外交は当方に任せて、内政は引き続き頑張って欲しい。では早速貴殿のブレーンの説得に行って参る。いま彼らはどこにいる？」

敵の総大将青雉の有無を言わせぬ問いかけに、八千矛は正直に答えざるを得なかった。

「あ、はい。事代主の八重波津身《やえはつみ》は今頃美保関《みほせき》あたりで、神在月《かみありづき》の祭事用の鯛を釣っているハズですから、訪ねてやってくださいい。将軍の方は貴殿が戻られるまでにここへ呼んでおきます」

青雉が去った後、それと入れ替わりに照彦とロビンは八千矛の陣屋に入った。

「このたびは大変ご苦労様でした。さぞかしお疲れになったことでしょう。今のお二人のやり取りは、今後の我が国の歴史展開に大きく影響を及ぼす出来事だったと思います」

照彦が労いの言葉をかけると、

「わっ、誰かと思えばテルさんじゃないか！　ずいぶんと久しぶりですな。以前に会ったのは確か……奴奈川姫の館の前だったと思うから、かれこれ二十年ぶりになるんじゃないか？　いや〜あの時は大変お世話になった。お陰であの晩にデキた息子が、今では我が国の将軍の一人にまで成長したよ。それにしてもテルさんが現れるのは、パンツを穿き替える暇もないくらいいつも突然だね」

「そう言われてみれば、なんだか少し臭いますね」

照彦の発言に八千矛は、思い出したように慌てて席を外した。

「やぁ失敬、失敬、狭い陣屋で鎧なぞ着てたもんだから、すっかり汗をかいちゃって……」

（やっぱり恐怖でお漏らししてたんだ！）

「ところで、隣の美しいお連れさんには初めてお会いするようだが、奥さん？　それとも……」

八千矛は目を細めながら小指を立てた。

「あ、いや、このコはただのトモダチですが、名前はロビンちゃんと言います。ところで……」

するとと八千矛は照彦の話を聞こうともせずに、すかさずロビンちゃんの方を向いて告《こく》り始めた。

「ロ、ロビンちゅわ〜ん、なんという美しいお方だ！　もしよろしければオイラとお付き合いしてくれませんか？　あ、ちょっと待って、こういう場合は……」

そう言うと八千矛は鎧のサイドポケットから見覚えのある赤い歌集を取り出したかと思うと、どれにしようかなぁ〜と呟きながらペラペラとページをめくり始めた。

「よし、今日はこれで……I LOVE……」歌い始めたところで照彦はそれを制止した。

「今日は歌わんでよろしい！　それにしても懐かしいその歌集、ずいぶんボロボロに擦り切れてますね。さてはあの後そーとー使い込みましたね？　ま、それはともかく、本日の一件についてボクたちの意見を聞かんでいいんですか？」

呆れ顔で話す照彦の表情に、八千矛はハッと我に返って答えた。

「おお、そうじゃった！　先見の明のあるテルさんのことだから既にお分かりのことと思うが、青雉に対するオイラの対応はあんな感じで良かったかな？」

待ってましたと言わんばかりに照彦が答えようとすると、すかさずロビンちゃんが横から口をはさんだ。

「ハイ、結構デス。アナタはとても賢明な対応をシマシタ。あの時下手に反抗しようものなら、あの青雉トカイウ海軍大将によって、今頃この国は『バスターコール』⑱サレ、跡形もなく消滅していたことデショウ！」

「へ？　やっぱりロビンちゃんはあの海軍大将を知ってるんだ！　ところでバスターコールって何なん？」

照彦が目を丸くして聞き返すと、ロビンは何かを思い出すかのように静かに語り始めた。

「知ってるなんてものじゃないワ。もしあの海軍大将が私の知る人と同一人物ナラバ、彼はワタシの前世の国が海軍によるバスターコールという壊滅的な攻撃を受けて滅ぼされた時、唯一ワタシを見逃してくれた人ヨ。その時の攻撃ハ、彼が直接手を下したわけではナカッタケレド、彼はそれを命令することも、止めることもできる資格を持っていたハズだわ」

「へー、そんなことがあったんだ。やっぱり今回はロビンちゃんについて来てもらって正解だった。そんなこととはつゆ知らぬボクは、もしロビンちゃんの監視の目が無かったら、彼らに理不尽な要求があれば断固立ち向かいましょうと八千矛殿に進言したうえで、アバターで持ち込んだ宇宙戦艦ヤマトの波動砲や、原潜やまとの核魚雷をぶっ放して両軍とも壊滅させたでしょう。結果、他国の侵略を受けてこの日本が消滅する羽目になっていたかもしれませんね」

歴史は、一つ選択を間違えば、国を亡ぼすほどの結果を招くという教訓を、この時改めて知らされた気がした照彦だった。

「マァ、難しい話はそれくらいにして、とりあえず戦いは回避できたわけデスカラ、このあたりで一息入れまセンカ？　何か疲れのとれるような甘いものでも作りマショウ」

そう言ってロビンちゃんは陣屋の後方にある厨房に入り込むと、しばらくして大鍋におしるこを作って持ってきた。

「これはうまい！　これなら兵士たちの疲れも一発で吹き飛ぶぞ！」

いつしか緊張がほぐれた三人は、今後の我が国の歴史がどうあるべきかについて、熱く語り合った。

と、そこへ、無事説得工作を終えた青雉が戻ってきた。

「あらら、お前はロビンじゃないか？　しばらく見ぬ間にコリャイイ女になったな。でも今なぜお前がここにいる？」

不思議そうに彼女の顔を覗き込む青雉に対して、ロビンちゃんは再び緊張のせいかにこりともせずに答えた。

「ダイジョウブ、ご心配には及びませんワ。古代兵器⑲はまだ見つかってませんカラ……トコロデ息子さんたちの説得は成功したのかしら？」

「そうそう、八千矛殿のブレーンたちとの交渉についてだが、まず政務代行の事代主殿については『父上がご了解済みなら異論はない』と言ってくれた。ちょうど大鯛が釣れた直後だったので、ゴキゲンで調印書にサインしてくれたぞ。ただ少し気になったのは、そのあとパンパンと手打ち式をされたのだが、なぜか逆手を打つ⑳妙なポーズをとられた後、青柴垣㉑の向こうに去って行かれたのが気になる。ま、いいか。で、次の交渉相手の建御名方将軍殿には、ついそこの浜でバッタリ出会ったので、詳細を話したところ、『その選択は俺の正義に反する』って言うので、『正義なんてのは立場によって形を変える。だからお前の〝正義〟も責めやしないが、俺たちの邪魔をするなら放ってはおけねェゾ！』と言ってやったら、『じゃ手っ取り早く腕相撲でカタを付けよう。負けたら言うことを聞いてやる』と言いやがったんで、ちょいとヒエヒエの能力㉒を使って、握った拳を凍らせたうえで粉々に砕いてやったら、大人しくなって諏訪の方に逃げて行かれたぞ。まあ、じきに大政奉還に伴って、廃藩置県による国替えも行われる予定だから、ちょうど良かったかもしれん。あ、それで思い出したが、手始めに大名持殿は今後『大国主』を名乗っていただきたい。これは『州知事』のような役職だとお考えください」

それを聞いてがっくりと項垂れた様子の八千矛だったが、咄嗟にその場の空気を読んだロビンちゃんが、

「それなら一件落着ネ。よかったらアナタもおしるこ飲んでいって！」

そう言ってお餅入りのお椀を武甕槌（青雉）差し出した

「いや、俺はもう帰る。今頃マムは俺の持ち帰る吉報を、ほとんどない首を長くして

待っておられるハズだからな。それにそろそろお腹が減る頃だし、万が一『食いわずらい』なぞ起こされた日にゃ、高天原とて崩壊しかねないからな」

急いで帰ろうとする青雉に、ロビンちゃんは「おしるこ」を入れた小さな手鍋を差し出した、

「じゃコレ天照様にお土産よ。彼女は甘党だそうだからきっと喜んでくれるんじゃないかしら」

「それは助かる！　ロビンも元気でな。よかったら高天原へも遊びに来いよ。あ、それから八千矛殿に言っておきたいことがある」

青雉は急に背筋を伸ばして改まった表情で八千矛に言った。

「ああ見えてもビッグ・マムの理想は、世界中の種族が差別されず、戦わず、安心して暮らせる統一国家を創ることなのです。今回のことはそのための第一歩だとお考えいただきたい」

まるで「原潜やまと」の海江田艦長みたいなことを言って、青雉は八千矛に深々と頭を下げると、そそくさと帰路についた。

あれだけいたおびただしい数の軍船たちもいつしか水平線の彼方に消え、静まり返った砂浜にはただ一匹のセグロウミヘビだけが取り残されたように打ち上げられていた。

【解説5】

①『宇宙戦艦ヤマト』は、一九七四年からテレビ放映された松本零士監督の日本のアニメ。戦艦ヤマトの主力武器は「波動砲」。

②『沈黙の艦隊』は、かわぐちかいじによる日本の漫画（一九八八－一九九六年連載）。日米共同で建造された原潜シーバットを乗っ取り、独立国家「やまと」を宣言、艦長である海江田四郎は自ら国家元首を名乗る。原潜の攻撃力と、核を保有しているという抑止力を巧みに利用して国連による世界政府樹立を目論むが、海江田は国連演説中に狙撃される。

③ゴムゴムの実は、漫画『ONE PIECE』（尾田栄一郎著）で主人公の「モンキー・D・

ルフィ」が食べて、体がゴムのように伸縮可能になった悪魔の実をいう。
④ワニ船とは、帆を張って航行する和船で、三角形の帆の形状がちょうど水面を切って泳ぐサメ（鰐）のように見えることからこの名がついた。
⑤アマ族とは、天照大神を中心とした高天原に住む人々のこと。
⑥天鳥船は、もともと国生み神話で父伊弉諾《いざなぎ》と母伊弉冉《いざなみ》の間に生まれた人格を持つ神で、「記紀」ではこの国譲り神話でも武甕槌と共に活躍する。
⑦武甕槌（建御雷）（鹿島神）は、イザナギが火の神カグツチの首を切り落とした際に噴出した血から生まれた剣神とも言われている。
⑧青雉は、漫画『ONE PIECE』に登場する海軍大将クザンの通称。その力は強大で、ヒエヒエの能力でいろいろなものを凍らせることができる。本書では武甕槌に比定している。
⑨ビッグ・マムは、漫画『ONE PIECE』に登場する四皇海賊シャーロット・リンリンの異名で、本書では「天照大神」に比定している。
⑩春秋戦国時代とは、古代中国における分裂と抗争の時代をいう。周王朝の遷都（B

C七七〇年をきっかけに春秋時代が始まり、秦・楚・斉・燕・趙・魏・韓の列強が台頭した。その後、秦王朝の全国統一（BC二二一年）によって戦国時代が終結した。日本に渡来した徐福は斉出身の方士であり、秦、斉の民は共に「ユダヤの失われた十部族」の末裔だともいわれている。

⑪「秦」は、周代・春秋時代・戦国時代にわたって存在し、BC二二一年に史上初めて中国全土を統一、BC二〇六年に滅亡した中国の王朝。統一から滅亡までの期間を秦朝、秦代と呼ぶ。天下統一を果たした王の姓は嬴《えい》、氏は趙。統一時の首都は咸陽。

⑫万里の長城は、匈奴のような北方の遊民族が侵攻してくるのを迎撃するために、秦代BC二一四年に始皇帝によって建設された中国の城壁。

⑬「しろしめす」とは、基本的に領有なさる、統治なさるという意味であるが、「象徴的にまとめる」という意味合いがある。

⑭岐神（クナトノカミ）は、「記紀」では伊弉冉尊（イザナミ）が黄泉の国から逃げ帰った時に化成した神だといわれているが、もともとは出雲族が信奉していた神で、「幸の神」はその配偶者。

⑮猿田彦大神は、「記紀」では天孫ニニギが降臨の際、出迎えた国津神で、この時アメノウズメと夫婦になったとされている。（『猿田照彦の次元事紀』参照）「出雲口伝」では、祖神「岐大神」と「幸の神」の間に生まれた子、あるいは子孫であり、主に出雲の人々に祀られている神とされている。
⑯少名彦（事代主）は、「出雲口伝」では、大名持の分家で、本家と交互に国を治めた人物であると記されているが、「記紀」では、海のかなたからガガイモの実でできた小舟に乗って渡来した神で、産巣日神系統の小人神だとしている。名前の表記も「少《スクナ》彦《ビコナ》名命」と少し異なる。
⑰建御名方は、八千矛と奴奈川姫の間の子で、国譲りの後、諏訪方面に移住したとされる。
⑱バスターコールとは、漫画『ONE PIECE』に登場する海軍における命令の一つで、軍艦十隻の大戦力で無差別攻撃を行う作戦のこと。
⑲古代兵器とは、島ごと吹き飛ばすことのできる兵器だといわれていることから、筆者は核兵器ではないかと考察している。

⑳逆手を打つとは、古代の手の打ち方の一つで、人を呪う時や凶事の時に打つかしわ手。
㉑青柴垣とは、青い葉の付いた柴の垣根で、そこに神が宿ると考えられている。この故事にちなんで、毎年四月七日に島根県松江市美保関町の美保神社では、周囲に青柴垣を設けた船で海へ漕ぎ出す神事を行っている。
㉒ヒエヒエの能力とは、漫画『ONE PIECE』によれば、冷気を飛ばして、対象を凍らせることもできる青雉の能力のこと。

第三章　饒速日《にぎはやひ》編

神名に隠された秘密

「へいお待ち！　焼きたてで熱いカラ、気をつけてメシアガレ～」

研究所の片隅にある「郷土料理・愛《ai》席食堂」は、一見おでん屋風の屋台だが、赤い暖簾には餃子も合うなと思いながら、照彦はいつものようにお出かけ前の腹ごしらえをしていた。

照「ねぇロビンちゃん、君は町中華といえば何がイチオシ？」

澪「うーんそうデスねぇ～、しいて言えば『小籠包《しょうろんぽう》』デスネ。あのアツアツの肉汁がたまりませんネ。テルフィさんは？」

照「ありきたりかもしれないけど、ボクはなんてったって『唐揚げ』！　揚げたての外側のサクサク感と、内側の鶏肉のジューシーさのコンビネーションがサイコー！　そういえば、以前スーちゃん（素戔嗚尊《すさのおのみこと》）に会いに行った時にロビンちゃんが持たせてくれた『唐揚げ弁当』はスゴく美味しかった。あの時スーちゃんにもお裾分けしたら、彼も絶賛していましたよ」

澪「アラ、そんなことがあったの？　まあ、アノ人はもともとアチラのほうの方だったみたいダカラ、油を使った料理はお好きかもシレマセンネ」

照「へ？　そうなの？　確か彼は日本の国生みをされたイザナギ尊が、宮崎の小戸の阿波岐原で禊を行った時に化生した三貴子の一人だと『古事記』には書いてあったから、てっきり純日本人だと思い込んでいたけど、違った？」

澪「『記紀』ではネ。デモ他の古史古伝の中には、興味深い記述もあったりシマスヨ。それに『スサノヲ』って名前も少しヘンじゃない？『天照』や『月読』、『大国主』の敬称はなんとなく理解できるケド、『素』『戔』『嗚』はいかにも『粗暴で品をそこなうウザイ男』って感じじゃナイデスカ。ひと言で言えば『ならず者』英訳すれば『デスペラード』ネ。これは明らかに蔑称ヨ！　そう言えば最近ユーチューブで見たんダケド……、アジアには『スサノヲ』と呼ばれた人が八人もイタンダッテ？　たとえばアレキサンダー大王（①）もその一人。もちろん時代が違うカラ日本神話に登場するスサノヲと同一人物ではないわよネ。デモそうしてみると、やはりスサノヲという呼称は個人名ではなく、外部からやって来た侵略集団全般に与えられる蔑称じゃないカシラ」

照「ホンマかいな⁉　でもそう言われてみれば……初めてスーちゃんに会った時、彼は自己紹介で『前にいた場所では太加王《タカオウ》で、ニックネームはジョジョ』だとか言ってたな。（ヘンな名前！）本名はともかく、確かに彼の暴れっぷりは、まさにデスペラードだったぞ。あの時は彼のオネエ姿に圧倒されていてすっかり忘れてた」

澪「デショ？　デ、今回は誰を訪ねる予定ナノ？　もし今のコトが気になるナラ、もう一回スーちゃんに会いに行ってみる？」

照「いや、やめとく、また女装させられたらたまったもんじゃないからな。今回はいよいよとっておきの人に会いに行くつもりなんだ。その名も『天照《あまてらす》国照《くにてらす》彦《ひこ》天《あめの》火《ほ》明《あかり》櫛《くし》玉《たま》饒《にぎ》速《はや》日《ひ》尊《のみこと》』この長ったらしい名前を幾つかに分解すると、

①天照：高天原を支配した
②国照：葦原中津国を支配した
③彦：男
④天火明：山の神（大山祇の一族）を含む月夜見系の一族を支配した
⑤櫛：越（高志）の国を支配下に入れた
⑥玉：海神族も配下に入れた

こう読めてしまうんだけども、果たしてこんな人が本当にいたのかね？　もしいたとしたら、この人こそ『初代天皇』と呼ばれても不思議はないと思うのだが、でも初代天皇は神武さんでしょ？」

澪「あちゃー、またテルフィさんの悪い癖が出タ！　あんまり歴史の裏側は覗かない方がイイワヨ。プライバシーの侵害にもなるシ……。あ、それと何度も言うようダケド、けっして歴史を大きく変えちゃうようなマネはしないでネ。原潜や空母

のアバターは持ち出し禁止デスカラネ！」

照「……分かった。その代わり何か身を隠すベールのようなものない？　いつも柱や木立の陰に隠れるのもドキドキしてコワイし」

澪「じゃコレ持ってく？　コレは何年か前に外国映画会社から依頼を受けテ、ワタシが当研究所でツクッタ『透明マント』よ。映画では魔法使いの男の子が着テ、結構効果がアッタみたい」（ポッターかいっ！）

照彦は、早速ＶＲゴーグルをセットし、リクライニングチェアに横たわった。

始皇帝と徐市

見渡す限りの青空と広大な大地。近くにはかなりの流量を誇りながら滔滔と流れる黄濁の大河。時折吹き抜ける強い風に、視界を遮るほどの黄砂が巻き上げられていく。日本の山河とはどこか違う、一回りも二回りも雄大な大地に照彦は立っていた。

「はて、ここはいったいどこだろう」

しばらくして風が収まり、だんだん視界が広がってくると、照彦の眼前には大きな石造りの門がうっすらと見えてきた。

『咸陽《かんよう》』

門の最上部には見慣れぬ文字が大きく刻まれていた。

「待てよ、咸陽といえば、あの始皇帝が君臨したキングダム『秦』の都ではないか！」

その大きな二文字を呆然と見上げながら、照彦はしばらく考え込んでいた。

「確かボクは、『天照国照彦天火明櫛玉饒速日尊』をイメージしてＶＲゴーグルのスイッチを入れたハズなんだけど、何か間違えたかな？　それにしてもこんなデカい門で遮られていては先に進むことはできないぞ」

照彦が途方に暮れていると、しばらくして平原の向こうから砂埃を上げながら一台の馬車が近づいてきた。照彦は咄嗟に透明マントで身を隠して門の陰に移動した。

「斉の徐市《じょふつ》殿のお越しである。開門！」

近衛兵の大きな掛け声と共に、ギギギという鈍い音がして咸陽門の扉が開いた。

「よし、この馬車に付いて行けば……」

照彦は慌てて馬車の後を追った。

幸い敷地内は徐行が義務付けられているせいか、馬車はゆっくりと進んでくれたので助かった。しかしそれでも四本足の馬車と二足歩行の照彦のスピードはおのずから違う。

それほど始皇帝の住居内の敷地面積はやたらと広かった。

「遠いなあ、どこまで行くんだ？」

照彦はぼやきながら、馬車に遅れないように小走りで付いていった。

やがて馬車は、いかにも帝の屋敷と思《おぼ》しき、ひときわ警備が厳重な館の前で、止まった。衽《おくみ》（②）の先を腰に巻きつけて着るワンピース型の深衣《しんい》に、綸巾《りんきん》という帽子を被った、徐市と呼ばれた男は馬車を降りると、警備兵に導かれてゆっくりと部屋に入った。照彦も気配を感じ取られぬようにそそくさとあとに続いた。

さすがに帝のおわす館の中は、来客が多いせいか、普段は一人で過ごすには広過ぎる。おまけに最低限必要な柱を除いて、調度品一つ置かれていない殺風景な造りだった。これはきっと近くに刺客が隠れる場所を与えない生活の知恵なのだろうと、照彦は改めて皇帝の地位を守るための苦労を垣間見た気がした。ただなぜか部屋中に町中華の匂いが漂っていた。

中国の皇帝って、どんなものを食べているんだろう……。

興味本位に照彦がその匂いのする方に近づくと、部屋の片隅にある小さな食卓が目にとまった（もちろんこんな真似ができるのも透明マントを羽織っているお陰だ）。そこには紹興酒の入った盃と「餃子」「小籠包」「唐揚げ」が並んでいた。

「なんだ、ボクがさっき食べたものと同じじゃないか！　どうりで町中華の匂いがしたはずだ」

皇帝といえどもずいぶんと庶民的なものを食べるんだなと呆れた照彦だった。

「おお、ジョジョ殿か！　よくぞ参られた。すまぬがちょうど今午後の飲茶をいたしておったところじゃ」

たぶんこの人物が始皇帝であろう。儀式直後の遅めのランチタイムといったところのようだ。

「それにしても、彼は今『ジョジョ』と言ったな？　はて、どこかで聞いたような？」

「アチチッ、ええい、邪魔くさいな、このちゃらちゃらした冕冠《べんかん》は！　こんなものワシの代から廃止してやる！」

始皇帝は袞衣《こんえ》（③）に冕冠（③）を被った礼装のままの姿で胡坐をかいて小籠包を頬張っていた。

うつむき加減で食べる時は、冠のひさしから垂れ下がっている簾のようなものが邪魔をして、確かにとても食べにくそうだった。

一方ジョジョと呼ばれた男は、直立したまま長い袖の中に隠れていた両手を胸の前に重ねて差し出し、「皇帝陛下にご挨拶申し上げます」と言って深々と頭を下げた。

「堅苦しい挨拶は抜きじゃ。『皇帝陛下』はやめて、『セイセイ』（④）でええわ。それより貴殿も一緒に今から飲茶パーティーをせぬか？」

なんという気さくな皇帝だろう。

照彦が聞いていた始皇帝の性格は、冷徹かつ超合理的、そして全長五千キロにも及ぶ万里の長城まで造っちゃうくらい大胆かつ臆病で神経質な男であるという触れ込みであったが、なんだか拍子抜けの感じだった。いや，あるいはジョジョという男の持つキャラが、そんな始皇帝をして気を許させる何かを備えていたのかもしれない。

「ありがとうございます。ではセイセイ様、私の名も『殿』付けはおやめください。セイセイ様のお誘いをご辞退するのは誠に畏れ多いことでございますが、私はたった今昼食のラーメンを食べたばかりですし、このところ悪玉コレステロールと中性脂肪が多めで、食べ過ぎて寿命を縮めても知らんぞと、担当医に脅されております故、なにとぞお許しください。それよりお食事の時間中とはつゆ知らずはせ参じてしまいました私共の思慮のなさをお詫び申し上げます。どうぞ私のことは気になさらず、ごゆっくりお召し上がりくださいませ。その間、侍女の方が入れてくださったカテキンたっぷりの美味しいお茶でもいただきながら、お傍に控えております」

へりくだった中にもどこかおちゃめな雰囲気のある言葉遣いをするこの男を始皇帝は気に入っているようだ。

しかし、今の様子からだけでは、ジョジョが後にスサノヲと呼ばれるほどの粗暴な男には見られない。なんとなく顔の輪郭が似ているようにも思えるが……。

「う〜ン、このモニタリングはムズいぞ！　せめて一曲歌ってくれたら……」

照彦は恐る恐るジョジョに近づいて、マジマジと顔を覗き込んだが、髭を剃って正装している姿からは、あのボサボサ頭の髭面で、しかも女装して、化粧して、付けまつ毛して、口紅付けて、Ｆカップブラをして、「あちき」などと言っていたオネエと同一人物だとは、到底断定することはできなかった。

息苦しい透明マントを被ったまま、照彦が袋小路に入り込んでいると、

「おお、お待たせ、お待たせ。いやー、ダイエット中のジョジョには悪いが、唐揚げ

三皿と、小籠包二十個と、餃子三十個食ったらもう、腹いっぱいになったぞい」

始皇帝がパンパンのお腹を抱えるようにして戻ってきた。

「それはたいへん良うございました。ところでセイセイ様、私をお呼びになられたご用向きは何でございましたか？」

「おお、そうじゃった。実は相談があるんだが……」

「ハイハイ何でしょうか？」

「不老不死になりたい！」（※華丸大吉？）

セイセイは笑いながら言った。

「ウチのおかんが言うにはな、先日行商人が来た時に、青汁だの、黒酢だの、ＤＨＡだの、コンドロイチンだのと、ひととおりの健康サプリを売りつけられたあとに、その行商人から、どこかに不老不死の妙薬があるらしいと聞いたんやけども、それがどこに行ったら手に入るのか忘れてもうたらしいんや」（※ミルクボーイ？）

「ほな、一緒に考えまひょ。その場所はどんな特徴だったか教えてもらえまへんか？

……」

（……どうやらこの当時は、世界中が空前の漫才ブームに沸いていたようだ）

透明マントを被ったまま二人のやり取りを近くで聞いていた照彦は、ＶＲゴーグルの翻訳機の不具合か、二人の会話がすべて関西弁に聞こえたため、笑いをこらえるのに苦労した。

「そんなコト、世が世なら、ヤホーで検索すればたちどころに解決するのに……」（※ナイツ？）

照彦は無声笑いが止まらなかった。

二人のやり取りの内容を要約すると、
①不老不死の薬は、東方の海の向こうの倭人の国にある「蓬莱山」に住む仙人が持っているらしいこと。
②「蓬莱山」は別名「不二山・不死山」とも呼ばれる。そんな場所は他には二つとないため「不二」、あるいは不老不死の仙人の住む山であることから「不死」。さらに近所に焼肉屋があったことから「ハラミ山」（知らんけど）という別名があること。

③せっかく仙人を訪ねても、彼が不在だったり、仙薬の持ち合わせがなかった場合は、代わりに不死山の河口に住むという「火の鳥（不死鳥とも鳳凰ともいうらしい）」を捕獲して、その生き血を飲んでも効果が得られるが、失敗して逆に命を落とす確率が高いこと。（※手塚治虫著『火の鳥』）

「でも本当のこと言うと、ワシはそんなことはどうでもええねん。ただこれは使えると思ったんや」

セイセイは、不敵な笑みを浮かべて言った。

「すまんが、ジョジョは一族を連れて直接現地に赴き、ワシがこれから話す壮大な計画を遂行する任務に就いてもらえんやろか」

セイセイの壮大な計画とは次の通りだった。

秦は中国大陸を統一したあと、次なる侵略の地として倭国を攻める。ただまともに攻め込んでも、倭国には既に天津族や出雲族等、力を持った部族が乱立しているため、相当な抵抗を受ける可能性がある。しくじれば追い返されたり、それによって秦国が疲弊した場合、これを好機と見て国の内外から攻められることがあるかもしれない。そうでなくても、過去に栄華を誇ったローマ帝国（⑤）の例を見ても分かるように、今は強大な秦帝国とて、いつかは滅びる時が必ず訪れる。そうなれば大陸人の慣習は「一族皆殺し」が必定である。その点、倭国は侵入者の末裔でも根絶やしするようなことはせず、受け入れて同化する風習があるらしい。だから国力のある今のうちに秦一族の活路（逃げ道）を作っておきたい。

「そこで、『不老不死』の出番じゃ！」

セイセイの目がキラリと光った。

「大軍勢で乗り込んだら、間違いなく戦争になる。しかも敵は、負ければ自国を失うわけだから死に物狂いで応戦してくるだろう。そうなれば我が国の被害も相当なものになることを覚悟しなければならなくなる。でももし『田舎で病の床に伏している年老いたおかんのために火の鳥を探しに来たんですぅ～ｗｗｗ』とユル～イ言い訳をしたら、『それならいいよー』って案外入国を許されるかもしれん。知らんけど」


セイセイが企てた一連の侵略計画を聞いて、ジョジョは補足するかのように言った。

「それはナイスなご計画です。サスガは始皇帝様♡　ではこうしましょう。まず事前に手土産を持たせた先鋒を倭国に送り込んで事情を説明し、信頼を得た頃を見計らって、兵士ではなく大勢の技術集団とその子供たちを送り込んで現地に定着させる。併せて私は少数の従者（兼兵士）を引き連れて敵の王族に深く入り込み、婚姻を重ねて血縁を深めます。これで敵が気づいた頃には我々はすっかり敵国深くに浸透していて、切り離すことができなくなるに違いありません」

「おお、それは名案じゃ！　それでは早々に準備に取り掛かれ。せいぜい大勢の人員を連れて行って我らが血を混ぜてこい！　必要なだけの船舶と備品はこちらで用意しよう」

始皇帝は武者震いを隠そうともせず、とっておきのセリフを吐いた。

「世の中興奮することはたくさんあるけど、こうして戦略を練ってる時がいちばん興奮するな！」

「間違いない！」（※サンドイッチマン？）

（部下であるジョジョとしては口調を合わせざるを得なかったようだ）

「ところで……ついででいいんだけど、もし旅の途中で不老不死の仙薬を見つけるようなことがあったら、お土産に持ち帰ってきてくれる？　それでもしワシが不老不死になれたら、その時に自分で名乗るニックネームは既に考えてあるんだ」

「へぇ～なんと名乗るおつもりですか？」

「ふふふ、それはかつて西域にあった『羅馬《ローマ》帝国』（イタリア）の言葉で『神』を意味する『DIO』じゃ♡　URYYYY～!!」

「おおっ、ブラーヴォ！　ゴゴゴゴゴ～」

やはり部下であるジョジョは、上司であるセイセイに合わせて叫んだ。

かくしてジョジョの奇妙な冒険⑥が始まった。紀元前二一〇年頃のことであった。

徐福の渡来

「いやー、まいった、まいった。あいつらいったい何者なんだ！」

照彦は打ちたての出石蕎麦を啜りながら、愛席食堂のカウンターの中にいる澪にぼやいた。

「で、ジョジョとかいう人の正体は判明したのデスカ？」

「ダメだった。何しろあの二人（スサノヲとジョジョ）はあまりにもキャラが違い過ぎて、滞在中にどうしてもイコールで結びきれなかった。それにしてもヘンだな。今回は『天照国照彦天火明櫛玉饒速日尊』に会いに行ったはずなのに……」

「うふふふ、やはり徐福さん（徐市の和名は徐福といった）は一筋縄ではいかないデショウネ。伊達に方士《ほうし》⑦と呼ばれているわけではアリマセンカラ、そう簡単に尻尾を掴まれるようなことはサセテもらえないと思いマスヨ」

「デハいよいよワタシの出番ネ！　方士ｖｓＡＩ科学者。なんだか興奮するナァ♡」

澪（Ｑ）は満面に笑みを浮かべながら、空いた照彦のお椀に蕎麦のお代わりを入れてくれた。


照彦とＱ（白衣に着替えた澪）は早速綿密な計画に入った。

「悪いけどテルフィさんは以前スサさんにお会いしているカラ、今回は別のアバターに変装して出かけてクダサイ。こんどは何がいいカナ……あまり目立ってもいけないケド、とりあえず相手がジョジョならアナタは『岸辺露伴』⑥あたりにシトキマショウカ？　ひょっとしてジョジョの肌に触れることができたら、彼の記憶を読むことができるかもしれないしネ。でもけっして相手の記憶を消したり、書き換えたりするようなことだけはやめてね。『オレ様』なんて横柄な態度もダメよ！　もし肌に触れる機会がなかったとしても、このスマホで彼の写真を撮って転送してくれたら、ワタシが所属してるもう一つの研究部門である『仮装研』で、以前オロチ退治の時にスーちゃんと三人でキャンディーズの歌を歌った時の記念写真と照らし合わせて顔認証にかけて調べてみるワ」

「へ？　仮装研？　科捜研の間違いじゃないの？」

不審そうに照彦が尋ねると、

「ワタシは司法解剖して死因とか調べることはシナイの。そこは変装や、女装、コスプレキャラの実体を見破ることに特化したセクションなの。ダカラ仮装研！」

ロビンちゃんは嬉しそうにそう言いながら、ハイと言って、照彦に黒いギザギザのヘアバンドを差し出した。黒いギザギザのヘアバンドは岸辺露伴のトレードマークであった。


ジョジョは計三回、船団を組んで出雲にやって来た。

三回というのはあとから分かったことだが、初めに渡来したのは、出雲より先に高天原であった。

ジョジョは、当時実権を握っていたイザナギ尊と交渉の末、養子縁組を果たしたあと「スサノヲ」と呼ばれるようになったようだ。

その後とうとう高天原に攻め入って大御神を倒したあと、首尾よく正后の「瀬織津姫穂ノコを後添えにしたものの、まもなく天津軍の反撃に遭って敗退、追放されて葦原中津国に下った。

ホツマツタヱによると、この時点で、死刑三回分の罪を犯したとあるが、なぜか恩赦を受けて流刑の身となったと記されている。

いずれにせよこの時に『スサノヲ＝ならず者（デスペラード）』の名は全国的に認知されたに違いない。

さて、葦原中津国に下ったスサノヲ（ジョジョ）は、第一章スサノヲ編でも記したように、現地豪族「大山祇《おおやますみ》」家のアシナヅチ、テナヅチ夫婦の末娘の櫛稲田姫《くしいなだひめ》に入り婿してヤマタノオロチをやっつけた（越の国を平らげた）。その時、表向き改心したように見せかけるため、オロチ族の宝剣である天叢雲剣《あめのむらくものつるぎ》（じつはライトセーバー）を天照大神に献上した。

その後ジョジョは、ほとぼりを冷ます（スサノヲの汚名をリセットする？）ために一旦秦国に帰国し、しばらく間をおいて再び渡来した。

「くっそー、ジョジョのヤツめ、好き勝手しおってからに！　このままでは我が国が乗っ取られてしまう！　ひょっとしたら先日行われた『国譲り』を裏で糸を引いたのも彼の仕業じゃなかったんかい⁉」

イラつくと同時に、ジワジワと倭の国を侵食してくるジョジョ（徐福）の戦術に背筋が凍る思いの照彦だった。そしてさらに、これまでの一連の出来事に思いを馳せた照彦は、思わず全身に戦慄が走った。

そうなるとあの時青雉が言っていた「ビッグ・マム」とはいったい何者だったのか？？？

とにかく一刻も早く徐福に再会して、スサノヲとの関連性を突き止めなければ！

さて用意周到な徐福は渡来の前に、「天穂日《あめのほひ》」（後の出雲国造の家系となる）とその息子「建比良鳥《たけひらとり》」（天ワカヒコ？）をスパイとして出雲に送り込んでいた。

（※「記紀」では前記の両名を送り込んだのは、あくまでも高天原サイドのように記

されているが、「出雲口伝」ではこのように記されていた）
そしてこの戦略は見事に成功した。
たくさんの手土産を携えて、斯々然々《かくかくしかじか》だからよろしくと礼儀正しく挨拶されれば、無下に断るわけにもいかぬのが人情だった……といういきさつは容易に想像できた。

照彦はVRゴーグルのスイッチを島根県出雲市の西方三十キロメートルほどの場所にある太田市大岬にセットして、徐福を待っていた。この場所を選んだ理由は、太田市に「五十猛町」という地名を見つけたからだった。

五十猛《いそたけ》といえばスサノヲの息子の名前であり、もし徐福＝スサノヲならば渡来地の名称にはふさわしい場所だ。たぶんこのあたりで待っていれば徐福来航に遭遇できるだろうと予想した照彦は、岬の先端に腰を下ろして、わきに抱えていたスケッチブックを開いた。

「うーん、なんという雄大な景色だ」

雲一つない青空に紺碧の大海原。背に受ける日差しはほんわかと暖かい。日本海からダイレクトに吹き上がる潮風は少し強かったが、額に巻いたギザギザの黒いヘアバンドが髪の乱れを押さえてくれてちょうどいい。今日は絶好の写生日和だと照彦は思った。

「それにしても、ボクってこんなに絵が上手かったっけ？」

無理もない。今回照彦が同化しているアバターは『ジョジョの奇妙な冒険』に登場する「岸辺露伴」。彼の職業はプロの漫画家なのだから。そして彼のスタンド（超能力）「ヘブンズ・ドアー」は……触れた人物の顔面をまるで本のように変形させ、ページをめくると相手の出自等が次々とあらわになるという特殊能力を兼ね備えた、今回の目的にもってこいの男だった。

しばらく写生を続けていた照彦だったが、ほどなく遠く水平線の彼方に、一隻、また一隻と船影が見え始め、それは見る見るうちに大船団となった。

「ビンゴ！　それにしてもスゴイ光景だ」

照彦はスケッチブックに、今目前にした船をひとつ残らず正確に描写していった。

画面いっぱいに陽光を受けながら照彦が夢中になって描いていたその時、太陽光を遮って、ゆらりと、人型の黒い影がスケッチブックを被った。

はっと我に返って照彦が後ろを振り返ると、いつの間に上陸したのか、そこには大勢の童男、童女、工人らしき集団を引き連れた一人の男が立っていた。背後に太陽の光を浴びていたため、顔はよく見えなかったが、綸巾《りんきん》という帽子を被り、鶴氅《かくしょう》と呼ばれる道士の着物を纏い、右手に羽毛扇を持ったその出で立ちは、先だって照彦が咸陽で透明マント越しに見た人物に他ならなかった。

「こんな所で何をしているのだね？」

咄嗟に陽光を避けて立ち位置を変えた照彦の眼前に現れたのは、まぎれもなく先日、咸陽で出会ったばかりの徐福その人だった。

「あ、いえ、その……あんまり良い天気なので風景画でも描こうかなと……」

咄嗟に取り繕って答える照彦に、

「ふーん、なかなか良い絵だな。よかったらそれ、私に譲ってもらえぬかな。いかほどじゃ？」

優し気に微笑みかける徐福に、照彦はあえてぶっきらぼうに答えた。

「はぁ、こんな途中書きの絵で料金もらったら、俺様の名に傷がつくぜ。タダでいいよ」

既に岸辺露伴キャラになり切っていた照彦は、コチラに来る前にロビンちゃんから釘を刺されていた項目の一つ「けっして横柄な態度をとるな」を何気にあっさりと破ってしまった。

だがそれはかえって徐福の照彦に対する警戒心を解く要因のひとつとなった。

照彦が無造作に画紙を破いて渡すと、

「そうかい、それはありがとう。ところでその二枚目の絵は？」

褒めた割には差し出された絵をろくに眺めもせず、さっさと従者に手渡すとは……しかも絵を受け取った徐福の両手には、しっかりと絹の手袋がはめられているのを見てがっかりした照彦だった。

「あ、これ？　感染症予防の手袋。エチケットマスクもいいけど、これをしているとかなりの予防ができますよ！」

顔は笑っていたが、普段から手袋をしてるということは、彼の単なる趣味なのか、あるいはいつ毒殺されるかも分からないことを警戒する防御策からなのか？　してみると、絵を買い上げようとしたのも、そこに描かれている船舶の数等、情報が他に漏れることを嫌ったのかもしれない。どうやら照彦は倭国側の間者と疑われたようだ。いずれにせよ直に彼の肌に触れることは容易ならざることだと照彦は落胆した。（ヘブンズ・ドアー試してみたかったのに……）

徐福は次なる絵をしげしげと眺めて言った。その絵は……照彦（露伴）が今の待ち時間の間に走り書きしたある山のデッサンだった。

「その雄大で美しい山は何という山ですか？」

「あぁ、この山かい、この山は我が国第一の山で、富士山という。確か海の向こうの国じゃ、『蓬莱山』と呼んでいたかも……。そーいえばここにこんな写真もあるぞ」

照彦はポケットからスマホを取り出し、待ち受け画面にしてある富士山を徐福に見せた。

「おう、トレビアーン♡　こ、これが蓬莱山⁉　なんてビューティフルな山なんだ！　それにしても渡来して早々、不老不死の手掛かりが見つかるなんて、私はなんてツイてるんだろう！　やはり『持ってるオトコ』はどこか違うな。」

「……」

独りで自画自賛する徐福を、照彦は無言で見上げるしかなかった。

照彦の半ば侮蔑の眼差しにふと我に返った徐福は、軽い咳ばらいをしたあと両手で鶴氅の襟を正して言った。

「えーと、君の名前なんて言ったっけ？　その山へはどーやって行けばよい？」

照彦は次から次へと質問を投げかけてくる徐福に面倒くさそうに答えた。

「俺様はまだ一言も名乗っていない。てか、人に名を尋ねる時は、テメェから先に名乗るもんだ」と不愛想に言う。

「や、これは失礼いたしました。私の名は、前回こちらに来た時は『徐福』。今回は『天火明《あめのほあかり》』でいこうと思っています。そして次にまた来るとしたら『饒《にぎ》……』おっとこれはまだナイショだった」

「ぬ、ぬわにィ～～～！　アメノホアカリどぅわってぇぇぇ～～？」

「え？　どうかしました？」

徐福が眉をひそめながら尋ねると、

「な、なんでもない。他には？」

「えー、他にィ～？　そういえば一番最初に来た時は……ゴメン、もう一つあったけど忘れた。最後に、ニックネームはジョジョでした」

「俺様は『露伴』。それだけだ」


く～、もうチョイだったのに！　せめて「スサノヲ」の「ス」くらい言ってみろっつーの！

それにしても、そのあとの「今回は天火明を名乗る」とはどーゆーこっちゃ？　さては前回何か先住民に迷惑をかけるようなことをしでかしたな？　しかも次は「饒《にぎ》」などと新しい名前まで用意しているということは、何かまた悪いことをやらかすぞという暗示に他ならない。でなければあえて改名する必要なんてないはずだ。もし人に尊敬されるような人物ならば、人々が好印象を受けた名をそのまま使えばよくね？（もっともそう言う照彦だって、別にワルいことをしてるわけでもないのに、「テル」だの「モンキー」だの「ジェッター」だの、状況に応じて使い分けてたじゃないか。「Q」「澪」「ロビン」然り！）

照彦は何が何でも徐福の正体を見抜いて、もしその後の歴史が良からぬ方向へいってしまおうものなら、そんな悪事は断固阻止してやろうと構想を巡らしていた。

「あのー、何か考え事をなさっておられるようだが、先ほどお尋ねした質問に答えてくださらぬのかな？」

「ん？　なんだったっけ？　そうそう、富士山への行き方だったたな。あとで教えてやるが、その前にせっかく日本に観光に来たのだから、お気に入りの富士をバックに記念写真を撮ってやるよ。ハイ、ピース！」

そう言って照彦はさりげなくスマホを徐福に向けてシャッターを切った後、アプリを使って、徐福と待ち受け画面の富士山と合成させた。そうしてそれを徐福に見せる前に、素早く仮装研で待つロビンちゃんに転送した。（転送成功、グッジョブ！）

「こ、これはすごい！　いったいどのような方術を使ったらこんなことができるのだ？」

目を丸くしている徐福の問いかけには答えず、露伴こと照彦は次に地図アプリを使って、現在位置と富士山の位置関係が分かるマップを見せて、

「富士への生き方は斯々然々……。えーい、面倒くさい、これアンタにやるから勝手に行ってきな」

そう言って照彦はスマホを徐福に向けて放り投げた。（どうせ取り上げられるに違いないから）

「じゃ、俺様はこれで帰るわ」

下手をしてこんなところで「波紋」（※東洋の「仙道」に伝わる秘術）を発せられて、挙句に拉致されたらたまったもんじゃない。「ヘブンズ・ドアー」で彼の素性を知り

たかったが、これ以上の長居は無用だ。

時々見せる徐福の冷たいほどの鋭い視線に嫌悪感を覚えた照彦は、早々に立ち去ることにした。そして照彦の予感が的中したのはそれからしばらく経ってからのことだった。

ニギハヤヒは徐福だった？

「フー、あー疲れた。ところで例の写真届いてる？」

「ええ、バッチリよ、デモ……」

「でもどうかしたの？　なんだか浮かない顔だね」

照彦はQの顔を覗き込んだ。

「とても鮮明な写真を送ってくれたのは良かったんデスケド……」

そう言ってQは一枚の紙きれを照彦に手渡した。

照彦はその少し丸まったレシート風の紙を真っ直ぐに伸ばしてよく見ると、

『顔認証合致率73％』

「なんだ、思ったより低いね。でもフィフティフィフティより上だし、今の内閣支持率に比べたらはるかに高い！」

「ソレとコレトハ……」

照彦の言葉に苦笑いをしながら、Qは答えた。

「合致率がオモッタホド高くないのは、たぶんスーちゃんが女装して厚化粧していたカラダワ。でもソンナコトヨリ……ちょっとこちらへ来てクダサイ」

Qは照彦を研究所中央にある会議室のような所へ案内した。

部屋の中央に設置されたテーブルの上には、一見ドローン風の小型飛行物体が置かれていた。

「これは？」照彦が尋ねると、

「これは最近、某軍需産業から依頼を受けて当研究所が制作した『タイムドローン』ヨ。言ってみれば、四次元時間軸移動可能な小型タイムマシン。次元移動機能はないので、技術的には『シリウス528号』や『次元VRゴーグル』よりはるかに簡単に作れるケド、依頼者の目的を知ったら、気が重くなる代物ヨ」

照彦はその超小型タイムドローンに近づいて、手の平にのせてみた。


「へー、ずいぶん軽いんだね。で、その目的って何？」

「手っ取り早く言えば、コレは殺人兵器！　タダシこのサイズで核搭載は無理ダカラ、きっと最近武漢あたりで開発サレタ細菌搭載型ネ。コレを少し過去に飛ばして、敵対する相手国でばらまくつもりなんだワ。そして弱ったところで攻撃スル……。核ナラ中和剤でもできない限り、長い期間居住不能にナッテシマウけど、ウイルスなら数年もすれば終息させられることは、最近のデータから実証済みダカラ」

「えーっ、誰なんだ、そんな依頼を出した組織は!?」

「それは契約上機密事項だから言えないシ、どこの国が使用するのかもワカラナイ。最終的に入手するのはロシアなのかウクライナなのか、イスラエルなのかハマスなのか……」

それを聞いて照彦は絶句した。

「で、出来上がった試作品を、試しにアナタが行っていそうな四次元過去へ飛ばしてみたノ。モチロン兵器は搭載せずに小型カメラだけ積んで。ソシタラね……」

そこまで言ってQは「フゥー」と深いため息をついた。

「なに？　どうしたの？」

照彦がQに詰め寄ると、

「たぶんワタシがこのドローンを飛ばした過去は、先般『国譲り』が行われた少し後のイズモ。そこでワタシはたいへんな事件を目撃してしまったの。ソレハ……」

QはＡＩのくせに涙で目を潤ませながら訥々と語り始めた。

「海童とかいう若者たちが寄って集《たか》って大国主や、少名彦（事代主？）を取り囲ンデ拉致し、辺境の洞窟に閉じ込めて枯死サセタのヨ！」

「海童」とはたぶん先ほどの「徐福渡来」の場面で、徐福が連れてきた子供たちに違いない。

「で、その場面に徐福はいたの？」

照彦が身を乗り出して尋ねると、

「ワカラナイ。近くには見当たらなかったけど、たぶん裏で糸を引いていたのカモ……」

照彦とQは、場所を「愛席食堂」へ変えて会話を続けた。「愛席食堂」ではQは「澪」を名乗った。

その日の食卓は、春先にふさわしい「フキノトウとタラの芽の天婦羅、出始めの土筆の胡麻油炒め」だった。

澪「あーもうやんなっちゃうワネ。ニンゲンって、どうしてこうも愚かなのカシラ」

照「こういう時だけAI風吹かすなよ。どうやらスサノヲや徐福がこの国の歴史に大きく関与したことは間違いなさそうだし、ここで『記紀』等に書いてあるスサノヲの系図をすべて徐福の名に置き換えたら空恐ろしいことになるけれども、彼らだって悪事ばかりを働いただけじゃない。スサノヲは息子である五十猛と共にせっせと我が国に植林をして自然破壊を防いでくれたし、（お陰で現代人の多くは花粉症という副産物に悩まされているけど）、徐福だって大勢の技術集団を連れてきてくれたお陰で、我が国の養蚕業が盛んになったり、積極的に治水事業をしてくれたお陰でインフラが整備されて災害も減った。ひいては『ものつくり日本《にっぽん》』の礎を築いてくれたことにもなるんじゃないかな。後の応神天皇が月氏国から連れてきたという『秦氏』⑧も然り！　でも、もし弥生時代の我が国が徐福のような渡来人によって蹂躙しつくされていたなら、日本国民は今頃『こんにちは』と言わず『ニーハオ』、『ありがとう』じゃなくて『シェシェ』と挨拶を交わし、国名も『日本』ではなく『新・秦帝国』あたりになっていただろうから、最終的に徐福の目論見は成就しなかったんじゃないかな？ただ、だとすると、今の日本を作ったのはさらに別のグループ、流浪の民である『ユダヤの失われた十部族』の末裔だったかもしれないし、南方から島伝いに渡ってきた海洋民族かもしれない。あるいは、今でも周囲とは一線を画した独特なイントネーションの言語を使い、日本では生息していないヒョウ柄の衣装を纏って、ことあるごとに『なんでやねん！』と叫ぶ種族かも。知らんけど。そして最後に我が国の統治を始めた民族が、約二六〇〇年前から続く、現世界最古の王朝『神武系・大和民族』なのだろう」

澪「タシカニ！　ワタシはＡＩだから体内に血液が流れていないノデ興味ないケレド、それにしてもアナタ方人間は、やれ遺伝子がどうの、血脈がどうの、民族がどうの、宗教がどうのと、少しコダワリが強過ぎるんじゃナイ？　ダカラ不必要な婚姻や殺し合いが行ワレルのヨ。テルフィさんはハプログループ『Ｄ遺伝子』の持ち主で、それは血脈によるものダケド、それより歴史を動かしているのは、血脈ではなく『魂』の部分、すなわち『Ｄの意識や意思』じゃないのカシラ。ソシテ、その『魂』が『肉体』に宿って、初めて『人間』なのダカラ。つまりこれからは男系のＤＮＡ（血脈）だけじゃなくて、女系の感性（魂）も考慮しないとネ。男と女は合わせて一つ！　それよりホラ、山菜の天婦羅、冷めないうちに召しアガレ！」

照彦は澪の話を聞くともなく、目の前に出されたアツアツの天婦羅を、太古の昔は海だったエベレスト山系で採れた岩塩を振りかけて、はふはふと口に運んだ。

そして、こんな小さなフキノトウや土筆は、ただただ自然に季節が来ると芽吹き、我々の口に入る……生命の循環（＝歴史）は、このようにもっとシンプルに捉えた方が良いのかもしれないなと思った。

澪「ところでテルフィさん、次はどこへ行くつもりなの？」

照「そうだなぁ……次は、天之御中主《あめのみなかぬし》（⑨）……宇宙の根源神にでも会いに行くか！　そうして彼はどうしてこんなややこしい『四次元物質世界』を作ったのか聞いてみたい。あ、そうだ、こんどは『わが青春のアルカディア号』（⑩）のアバターを用意しといてくれる？」

―　完　―

【解説６】

①アレキサンダー大王（アレクサンドロス三世）は、ＢＣ三五六－三二三年、古代ギリシャのマケドニア王で、ギリシャ～メソポタミア～エジプト～ペルシア～インドのほとんどを一つにつないだ「世界征服者」であったといわれる。また、この時のあお

りを受けて中東方面から中国大陸に移動してきた民族の末裔が秦の始皇帝であり、斉の徐福であった。つまりは二人とも同族で、さらなるそのルーツは「ユダヤの失われた十部族」の一派であろうと囁かれている。ただし、アレキサンダー大王とスサノヲは各人が活躍した時代が百年ほどの隔たりがあるため、同一人物ではない。

②衽《おくみ》とは、着物の左右の前身頃《まえみごろ》に縫いつけた、襟から裾《すそ》までの細長い半幅《はんはば》の布。おくび。

③衮衣《こんえ》とは、天子の礼服で、冕冠《べんかん》は儀式の時に頭にのせる宝冠のこと。

④始皇帝（BC二五九〜二一〇）は中国の初代皇帝で、姓は嬴《えい》、諱《いみな》を政《せい》と呼んだことから、本書ではニックネームを「セイセイ」とした。

⑤ローマ帝国は、BC八世紀頃イタリア半島に誕生した都市国家から、地中海領域を支配するまで一〇〇〇年以上も繁栄した大帝国。

⑥『ジョジョの奇妙な冒険』は、荒木飛呂彦による日本の漫画。主人公は波紋使いのジョナサン・ジョースター（略してジョジョ）。吸血鬼で不死身のディオ・ブランドー（DIO）は彼の永遠のライバルである。なお岸辺露伴は同作第四部『ダイヤモンドは

砕けない』に登場する漫画家で、彼のスタンド「ヘブンズ・ドアー」は人を本にする能力で、その人の体験した記憶や能力を文字にして読んだり書き換えたりすることができる。黒いギザギザのヘアバンドは彼のトレードマークである。
⑦方士とは、古代中国で、瞑想、占い、気功、錬丹術などの方術を使う修行者のこと。医学、化学、天文学等を駆使し、発展させた。人を騙したり、時の君主に取り入って、軍事顧問となった者も少なくない
⑧秦氏は、応神天皇一四年（二八三年）に百済より百二十県の人を率いて帰化したと記される弓月君を祖とする渡来系氏族である。天武天皇一四年（六八五年）には忌寸の姓を賜与された他に、公・宿禰などを称する家系もあった。技術集団でもあり、平安京の造営に尽力した。
⑨天之御中主は、日本神話の天地開闢において登場する神で、神名は天の真中を領する神を意味する。『古事記』では神々の中で最初に登場する神である。
⑩「わが青春のアルカディア号」は松本零士の漫画・アニメ作品『宇宙海賊キャプテンハーロック』に登場する宇宙戦艦。アルカディアは理想郷という意味。

【次元文書オリジナル系図】

婚姻　親子

グループ　他

登場神物

★この系図は、記紀（古事記・日本書記）をはじめ、幾多の古史古伝を元にまとめ上げたものです。歴史家により評価の異なる部分が含まれますのであらかじめご了承ください。

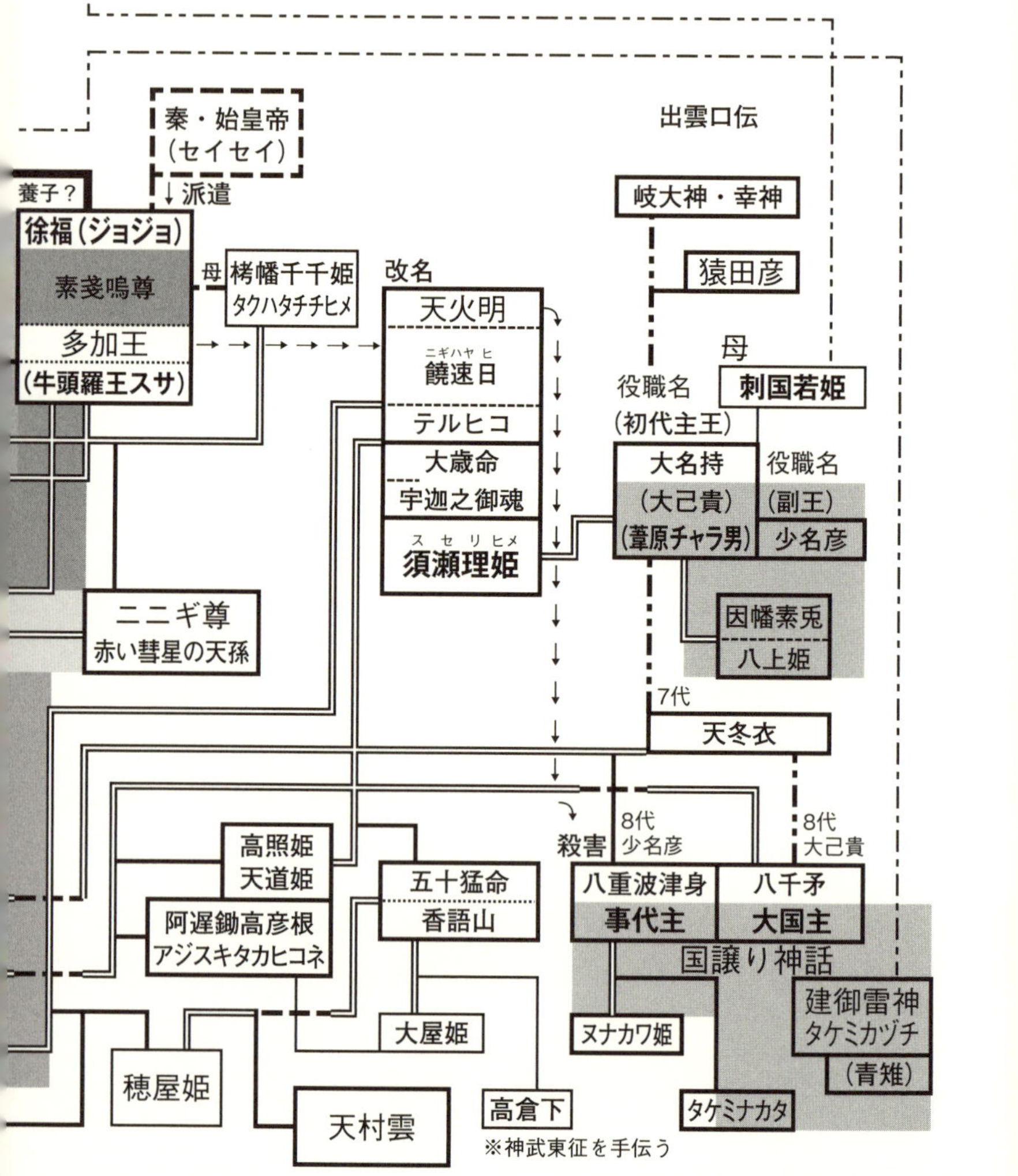

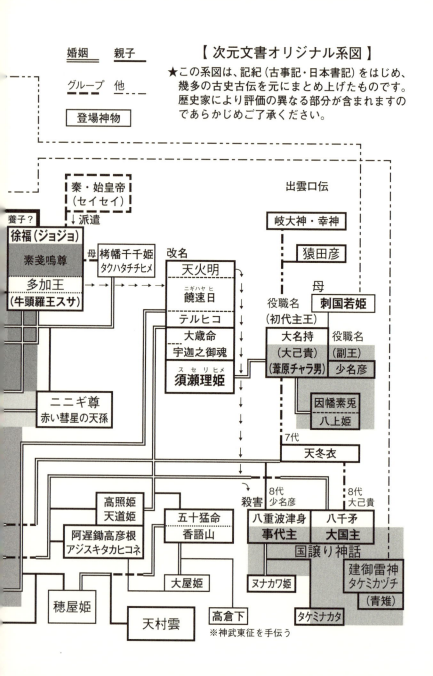

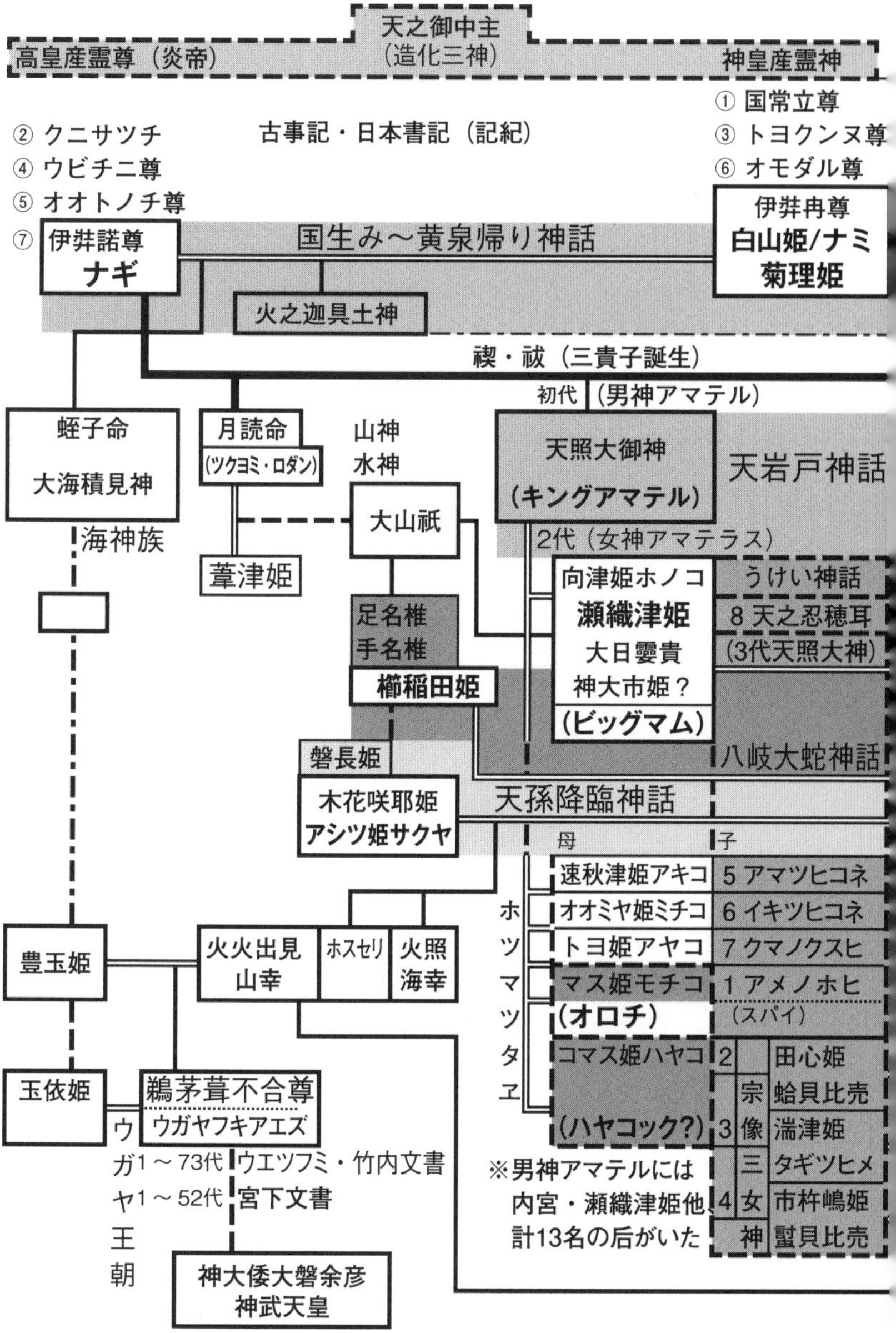

天之御中主
（造化三神）
高皇産霊尊（炎帝）
神皇産霊神
古事記・日本書記（記紀）
① 国常立尊
② クニサツチ
③ トヨクンヌ尊
④ ウビチニ尊
⑤ オオトノチ尊
⑥ オモダル尊
⑦ 伊弉諾尊
ナギ
伊弉冉尊
白山姫/ナミ
菊理姫
国生み～黄泉帰り神話
火之迦具土神
禊・祓（三貴子誕生）
初代（男神アマテル）
蛭子命
大海積見神
海神族
月読命
（ツクヨミ・ロダン）
葦津姫
山神
水神
大山祇
天照大御神
（キングアマテル）
天岩戸神話
2代（女神アマテラス）
足名椎
手名椎
櫛稲田姫
向津姫ホノコ
瀬織津姫
大日孁貴
神大市姫？
（ビッグマム）
うけい神話
8 天之忍穂耳
（3代天照大神）
八岐大蛇神話
磐長姫
木花咲耶姫
アシツ姫サクヤ
天孫降臨神話
母
子
速秋津姫アキコ
5 アマツヒコネ
オオミヤ姫ミチコ
6 イキツヒコネ
トヨ姫アヤコ
7 クマノクスヒ
マス姫モチコ
1 アメノホヒ
（オロチ）
（スパイ）
ホツマツタヱ
コマス姫ハヤコ
（ハヤコック？）
2 田心姫
宗像三女神
蛤貝比売
3 湍津姫
タギツヒメ
4 市杵嶋姫
蟚貝比売
豊玉姫
火火出見
山幸
ホスセリ
火照
海幸
玉依姫
鵜茅葺不合尊
ウガヤフキアエズ
ウガヤ王朝
1～73代 ウエツフミ・竹内文書
1～52代 宮下文書
神大倭大磐余彦
神武天皇
※男神アマテルには
内宮・瀬織津姫他
計13名の后がいた

著者プロフィール

水岐 神人（みずき しんと）

1955年1月24日、名古屋市にある旅館の長男として生まれる。

東海大学・海洋学部・海洋科学科卒業後、某旅行会社に10年勤務。

退社後は父の営む旅館の支配人と料理長を兼務するかたわら、ダイビングスクール「アクアビット（命の水という意味）」を経営。

母校のトワイライトスクールから「シュノーケリング教室」を委託されるなど、インストラクターとして将来の海人族育成に尽力する。

15年ほど前、町内の自治会長・氏子総代を拝命した頃から神々や日本神話に興味を抱き、古代史関連書籍を読み漁るようになった。

2018年、山水治夫氏のピアノ曲『菊理姫』に詞をつけたところ採用され、『Best Album 瀬織津姫』に歌ものとして収録された。前書『猿田照彦の次元事紀』は水岐の作家デビュー作である。

現在は、美味しい水と空気を求めて滋賀県甲賀に移住し、執筆のかたわら、曼荼羅世界を追求すべく、真言密教の修行に励んでいる。

著書：『猿田照彦の次元事紀』（2022年　文芸社）

イラスト協力会社／株式会社ラポール イラスト事業部

猿田照彦の次元文書《じげんもんじょ》

2025年2月15日　初版第1刷発行

著　者　水岐 神人
発行者　瓜谷 綱延
発行所　株式会社文芸社
〒160-0022　東京都新宿区新宿1－10－1
電話　03-5369-3060（代表）
03-5369-2299（販売）

印刷所　TOPPANクロレ株式会社

ISBN978-4-286-26161-4　JASRAC 出 2409516－401